KB043433

삐딱하거나 멋지거나

삐딱하거나 멋지거나

통합교육반 친구들의 완벽한 순간들

세브린 비달, 마뉘 코스 지음
김현아 옮김

한울림스페셜

등장인물 소개

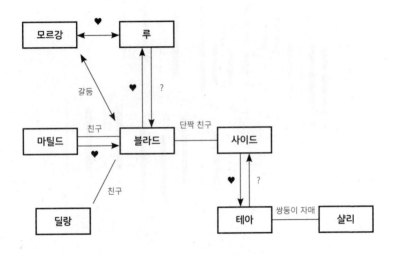

모르강	♥	루		
갈등		?		
마틸드	친구	블라드	단짝 친구	사이드
♥		♥		? ♥
딜랑	친구		테아	쌍둥이 자매 샬리

학교 선생님

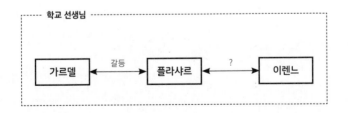

가르델	갈등	플라샤르	?	이렌느

블라드

뇌 장애로 뒤틀린 몸을 가지고 있어 어딜
가도 지팡이 모니크와 함께한다. 잘생긴
외모에 특별한 재능을 갖고 있다.

사이드

학교의 공인된 문제아로 졸업 시험을 통
과하지 못해 중학교 마지막 학년을 다시
다니게 된다.

마틸드

짧고 마비된 하체 때문에 휠체어 생활을
한다. 장애는 지랄 맞은 비극이라고 생각
하는 냉소적인 성격을 지녔다.

딜랑

세염색체증이란 선천적 장애가 있다. 전
학 온 학교가 너무 크고 복잡해 이전 학교
로 돌아가고 싶어 한다.

플라샤르

조르주 브라상 중학교의 교감이다. 교장
의 병가로 학교의 모든 일을 관리해야 할
처지에 놓이면서 극심한 스트레스에 시달
리고 있다.

루

금발 머리에 늘씬한 다리를 가진 예쁜 여
자아이로 배려심이 있고 불합리한 일에
물러설 줄 모르는 당찬 성격이다.

모르강

루의 남자친구로 아닌 체하면서 블라드를
경계한다.

테아

쌍둥이 자매 중 한 사람으로 다른 쌍둥이
자매와 둘만의 언어를 써서 대화한다.

샬리

테아의 쌍둥이 자매

이렌느

블라드의 학교 생활 도우미 선생님

가르델

조르주 브라상 중학교의 교장

차례

웰컴 투 통합교육반

가까워지는 거리만큼

반짝이는 프로젝트 작은 영화 대제전

어쩌면 좋아 내 마음을

'가다'와 '멈춤'의 갈림길에서

따뜻하게 간직하고픈 시간들

우리들의 완벽한 피날레

대단했던 한 해 그리고

웰컴 투 통합교육반

뒤틀린 몸

개학 날은 중요하다. 나는 수업이 시작되는 첫날을 좋아한다. 어릴 때는 개학 전날에 다음 날 입을 옷을 미리 고르는 게 무척이나 중요한 일이었다. 침대 위에다 옷들을 죄다 꺼내 펼쳐 놓고 어떤 옷이 좋을지 고민하는 것이 좋았다. 좋은 필통, 좋은 지우개, 좋은 공책을 고르는 것도 좋았다. 그래서 개학 날 아침이면 일찌감치 세수를 마친 후 옷을 입고 등교 시간만 기다렸다. 7시 반이면 이미 책가방을 메고서는 층계참에 서서 엄마를 재촉하며 말했다.

"준비 다 됐어요, 엄마. 빨리 가요. 지각하면 안 돼요."

개학 날만큼은 절대로 늦으면 안 된다.

아버지의 일 때문에 우리 가족은 자주 이사를 다녔다. 그럴 때마다 한시바삐 새 친구들을 찾아야 한다고 생각했다. 낯선 학교, 새로운 친구들에게 나를 그들의 일원으로 받아들이게 만드는 것은 굉장한 일이며 현명한 일이다.

그러나 개학 날 저녁이면 나의 기대는 금세 사그라졌다. 한 해는 길고 얼간이들은 수도 없이 많을 게 뻔했다. 그리고 지금 또다시 그런 생각이 든다.

나는 오늘 옷을 잘 차려입고 머리를 멋지게 손질한 모범생 모습을 선택했다. 학기 초에 착한 학생 코스프레를 하면 남은 시간이 편하기 때문이다. 특히 제대로 아는 게 없는 새로운 곳에서는 더 그렇다.

나는 천천히 계단을 내려갔다. 엄마는 벌써 빈 커피잔을 들고 있었다. 나보다 훨씬 더 긴장한 표정이다. 엄마가 긴장해 있는 것이 훤히 보였다. 그래서 나는 아주 환하게 웃으며 최대한 허리를 세웠다.

엄마가 나를 대견해 하는 눈빛으로 쳐다본다. 엄마는 나의

1호 팬이다. 엄마는 제멋대로인 것 같으면서 그런대로 정리되어 있는 내 머리칼, 단정한 청바지와 세련된 티셔츠를 입고 있는 내 모습을 바라본다. 엄마에게는 눈에 넣어도 아프지 않을 사랑스러운 아들이다. 하지만 오늘은 다른 사람들에게도 잘 보이려고 단단히 준비를 했다.

늘 그렇듯이 엄마는 나의 휘어 있는 무릎, 푹 들어간 엉덩이, 굽은 등과 구부러진 손가락은 보지 않는다. 그런 게 엄마의 사랑이다. 엄마의 사랑이 나를 똑바로 서게 한다.

"준비 다 됐어요. 지금 갈까요?"

딜랑

낯선 학교
새로운 만남

학교가 정말 크다. 학생들도 정말 많다. 조금 겁먹은 나는 불안한 마음에 클레르에게 학교가 정말 크다고 계속 말했다.

말을 너무 많이 했더니 클레르가 나보고 조용히 하란다. 입을 다무는 대신에 그림을 그려도 된다고 했다. 사실 나는 사람들이 보는 데서 그림을 그리는 건 싫다. 하지만 불안한 마음을 달래고 싶어서 그러겠다고 대답했다. 그 말에 클레르가 종이를 한 장 건네주었다.

색연필이 없다. 클레르에게 색연필을 달라고 하자 그녀는 내가 이제 중학교 1학년이 되었으니 혼자서도 가져올 수 있다고 말했다.

중학교 1학년은 여섯 명이 한 반이었던 작년하고는 다르다. 많은 아이들이 한 반이다. 내가 모르는 아이들이 아주 많다.

나는 아이들을 그렸다. 또 창문과 복도가 많은 커다란 학교도 그렸다. 복도가 미로처럼 복잡해 보였다. 클레르가 있긴 하지만 길을 잃을까 봐 무섭다.

뭐가 되었든 많으면 복잡하고 어렵다. 나한테는 장애가 있다. 나는 다른 아이들처럼 자라지 않는다. 엄마는 사람들이 나를 보고 세염색체증이라고 하는 것을 싫어한다. 특히 몽고증이라는 나쁜 말로 부르는 것은 더욱더 싫어한다. 엄마는 내가 여느 아이들이 자라는 대로 자라지 않을 뿐이라고 말한다. 엄마는 또 통합교육반이 여느 아이들처럼 되기 위해서, 여느 아이들처럼 자라기 위해서 가는 곳이라고 말한다.

오늘 아침에 나는 자라고 싶지 않았다. 예전에 다니던 학교가 좋다. 지금 학교는 지켜야 할 규칙이 아주 많을 것 같다. 나는 그림을 그리고 또 그렸다. 마음이 불안해서인지 그림이 점점 이상해졌다. 그래서 종이를 찢어버렸다. 새 종이를 달라고 소리를 지르고 싶은 기분이다.

클레르에게 종이를 달라고 말하려는 바로 그 순간에 아주 커다란 남자아이가 걸어오는 모습이 눈에 띄었다. 지팡이를 짚고 걸어오는 아이는 몸이 뒤틀려 있다. 지팡이를 잡은 그 아이의 손이 추울 때 덜덜 떨리는 것처럼 부들부들 떨린다. 나는 그게 웃겨서 클레르에게 그 아이를 보라며 손가락으로 가리켰다.

"그만 웃어, 딜랑. 사람을 손가락으로 가리키는 건 예의가 아니야. 저쪽에서 걸어오는 키 큰 남자아이를 보고 있는 거야? 저 아이도 너처럼 통합교육반이야."

통합교육반은 내가 속한 학급의 이름이다.

키가 크고 몸이 뒤틀린 아이가 내 앞으로 다가왔다. 그 아이는 왜 웃었느냐고 나에게 묻지 않았다. 어느 반이냐고도 묻지 않았다. 그 아이는 나에게 눈이 크다는 말도 하지 않았다. 나쁜 말은 한마디도 하지 않았다. 그냥 이렇게 말했다.

"안녕, 친구. 난 블라드야. 넌 여기 왜 왔니?"

나는 이 큰 학교에서 벌써 친구가 한 명 생긴 거라는 예감이 들었다.

교장은 병가 중

사무실에 있으면 숨이 막힌다.

넥타이를 잡아당겨 느슨하게 했더니 좀 낫다. 누군가를 기다리는 건 아니다. 오전 약속은 없다. 책상 위에 펼쳐진 서류를 정리해 서랍에 넣은 후 자리에서 일어나 창문 쪽으로 걸어갔다.

창문은 운동장을 향해 나 있다. 20미터 곱하기 20미터, 대략 400미터 정도 되는 정사각형 크기라고 기계적으로 계산을 하면서 예전 수학 선생님을 떠올린다. 하지만 가장 좋아했던 과목은 지리였다.

창문 밖으로 아스팔트가 깔린 매끄러운 평면이 펼쳐져 있다. 거의 완벽한 사각형 모양이다. 조심성 없고, 일정한 경로도 없고, 규칙도 없이 사방에 흩어져 있는 사람들의 그림자가 모두 사라져야 운동장은 비로소 완벽해질 것이다.

운동장을 가득 채우고 있는 사람들은 학생들이다. 물론 학생들만 있는 것은 아니다. 학생들을 감독하는 사람들도 있다. 그런데 저 애들은 뭘 하는 거지? 한쪽 구석에서 두 감독관이 이야기를 나누고 있는 동안에 개구쟁이 세 녀석이 콘크리트 기둥 뒤에서 서로를 떠밀고 있는 모습이 보였다.

아이들에게 좀 더 신경을 써야 하는데…. 감독관들이 아이들에게 뛰어다니거나 서로 떠밀고, 소리 지르고, 몸을 심하게 움직이면 안 된다는 점을 알려줘야 했다.

통제가 안 되는 모습에 한숨을 쉬다가 의사가 했던 말을 떠올린다.

"좀 쉬는 게 좋을 거예요. 젊고 건강하지만 혈압이 걱정입니다. 스트레스를 많이 받는 일을 하고 계신가요?"

의사는 중학교 교감이라는 대답을 듣고는 얼굴을 찌푸렸다.

"그럴 만하네요. 운동을 해야 합니다. 걷기나 명상을 해 보는 것도 좋아요. 아무것도 하지 않고 계속 이러면….."

현재 상태에서 뭔가를 선택할 수 있을 거라고 생각하는 말투다. 그러나 지금 현실에서 누군가는 모든 걱정을 떠안아야만 한다. 시간표를 만들고, 공문을 읽고, 매일 일어나는 일들을 관리하고, 예측하지 못한 상황에 대처해야 한다. 통합교육반은 말할 것도 없다. 통합교육반의 통 자만 떠올려도 저절로 앓는 소리가 나온다.

운동장을 바라보며 가장자리, 특히 후미진 곳을 유심히 살폈다. 그곳에는 어른들과 학생들이 뒤섞여 모여 있다. 학생들은 뛰어다니지 않고, 서로를 떠밀지도 않는다. 바닥에 앉아 게임기를 가지고 노는 것도 아니다. 그 학생들은 다른 학생들과 달라 보인다. 요란하지 않은 학생들의 모습에 더 큰 한숨이 터져 나왔다. 몸을 돌려 다시 책상 쪽으로 가서 앉았다.

장애인들에 대해 나쁜 감정은 없다. 장애는 그들의 잘못이 아니며, 이 점은 모두가 알고 있어야 한다고 생각한다. 하지만 장애인들이 학교에 들어오게 된 것은 절대로 자신의 생각이 아니다.

자신은 아무것도 요구하지 않았다. 작년에 지역 단위 장애 학생 통합교육반을 학교에 개설할 것을 요청한 사람은 교장이다. 교장 말로는 참으로 훌륭한 발상이란다.

장애 아이들이 보통 아이들과 어울릴 수 있는 환경을 마련함으로써 평소에 만날 기회가 없는 사람들과 가까워지고, 서로를 이해할 수 있고, 타인에 대한 시선도 바뀐다는 것이다.

취지는 좋다. 문제가 있다면 그 모든 것을 관리해야 할 사람이 바로 자신이라는 것뿐. 게다가 교장이 개학 2주 전에 병으로 드러눕겠다는 기발한 생각을 했다는 것이 아주 심각한 문제다. 사실 교장의 병은 그리 위중한 게 아니다. 걱정하지 않아도 되는 병이다.

"다음 주나 다다음 주 월요일에는 분명히 출근할 수 있어요. 틀림없어요."라고 하면서 계속 병가를 연장하고 있으니 골치 아픈 일이다. 교육청에서는 교장을 바꿀 생각이 전혀 없어 보인다.

졸지에 교장을 대신해 환영사를 해야 할 처지에 놓였다. 책상 위에 있는 종이를 집어 들고 자신이 준비한 환영 인사말을 대강 훑어봤다.

책상 한쪽에서는 서류들이 쌓여 있다. 이런 쓸데없는 행정 업무를 맡아서 해야 한다는 것이 정말 싫다. 지금 당장 일어나지 않으면 개학식에 늦을 거란 걸 알고 있다. 그런데도 서랍에서 태블릿을 꺼내 전원을 킨다. 화면에 한 여자가 나타난다. 그녀는 오렌지색 죄수복을 입고 있다. 자막이 뜬다.

자신에게는 약이나 다름없는 미국 드라마다. 밤마다 집에서 몇 시간이고 이 드라마를 본다. 지금처럼 일이 힘들고 불안이 밀려올 때는 사무실에서도 본다. 5분씩 토막토막이라도 본다. 점점 감옥에 갇힌 젊은 여자의 모험 이야기에 빠져든다. 드라마에 나오는 교도소장처럼 콧수염을 기르면 어떨까. 생각해 보니 콧수염이 잘 어울릴 것 같다.

그때 누군가가 문을 두드리는 소리가 들렸다. 소스라치듯 일어나 급하게 태블릿을 서랍 속에 밀어 넣었다.

"교감 선생님? 개학식에 참석할 시간이에요."

자리에서 일어나 문 뒤에 걸린 거울 앞에서 넥타이를 고쳐 맨다. 배가 살짝 아프다. 개학 때면 매번 그렇다. 가끔은 자신이 왜 이런 직업을 선택했는지 모르겠다는 생각이 든다.

심호흡을 하고 문을 연다.

존중의 이유

교감 선생님은 말이 너무 많았다. 나는 정신을 바짝 차리고 이성적으로 생각하려고 애썼다.

'움직이지 마, 블라드. 네 자리에 얌전히 있어. 넌 새로운 학교에 온 거야. 눈에 띄는 행동을 하면 안 돼.'

하지만 다 망쳐 버렸다. 나는 일어서서 내 생각을 큰 소리로 말해 버렸다. 만약 영화였다면 내가 벌인 일은 아름다운 장면이 되었을 것이다. 강당에 있던 모든 사람들이 내게 기립 박수를 보냈겠지. 머릿속에서는 〈록키 4〉와 〈죽은 시인의 사회〉

의 마지막 장면이 뒤섞여 배경음악과 함께 느린 화면으로 펼쳐지고 있었다. 하지만 이 모든 것은 상상일 뿐이다. 영화 속 히어로가 발이 걸려 넘어지고 말았기 때문이다. 보기 좋게 말이다. 모든 사람들이 보는 앞에서 아주 보기 좋게 되었다.

주인공인 나, 블라드가 감동적인 드라마를 연출하는 대신에 뛰어난 액션물이라 칭송받을 만한 장면들이 이어지는 시나리오를 선보인 것이다.

교감 선생님의 말에 흥분해서 횡설수설하자 모든 학생들이 내게 메두사의 눈빛을 보냈고, 나는 그 눈빛에 맞아 돌이 되고 말았다. 내가 길게 늘어놓던 이야기도 결국 헐떡거리는 숨소리로 끝나고 말았다. 어떻게든 정신을 차리고 걸어 나가려는데, 강당을 벗어나기도 전에 그만 균형을 잃고 딱딱한 마룻바닥에 길게 널브러져 버렸다.

짧은 침묵이 흐른 후 곧 웅성거리는 소리가 들렸다. "아, 불쌍해." "진짜 창피하겠다." "특수반 학생이야?"라는 소리와 함께 누군지 모르는 손들이 나를 일으켜 줬다. "괜찮아?"라는 걱정의 말과 등을 두드려 주는 손길은 "별일 아니니 걱정하지 마."라는 의미였을 것이다. 하지만 나에게는 "지금 당장 나가!

너는 충분히 우스운 꼴을 보였거든."이라는 말로 들렸다.

지금 나는 눈을 감고 복도에 서 있다. 교감 선생님이 개학 연설을 마치고 나와서 나를 교감실로 데려가기 전에 어떻게 해야 할지 결정해야 하는데 시간이 많지 않다.

플랜 A: 도망친다. 멋지게 성공한 도망은 아무도 해치지 않는다. 그런데 그렇지 않으면 어쩌지? 아무튼 10분 안에 집으로 갈 수 있다. 그리고 11분 뒤에는 누텔라잼이 잔뜩 발라진 커다란 토스트가 내 앞에 있을 것이고, 12분 뒤에는 그걸 맛있게 먹을 수 있을 것이다. 12분이나 13분 뒤에는 정신을 가다듬고 학교를 옮겨 달라고 엄마를 설득하기 시작할 것이다.

플랜 B: 앞으로 일어날 모든 결과를 받아들인다. 제대로 된 복종은 아무도 해치지 않는다. 그런데 그렇지 않으면 어쩌지?

아무래도 플랜 C가 필요할 것 같다.

나는 바닥에 주저앉았다. 동시에 책가방이랑 나머지 것들이 바닥에 널브러졌다. 뚜렷한 해결책이 보이지 않는 참에 한숨 돌릴 생각으로 바닥에 앉은 것이다. 그러고는 긴 벽이 이어지는 복도에서 혼자 웃었다. 숨이 막힌다.

마라톤을 완주한 사람보다 더 거칠게 숨을 헐떡였다. 팔꿈치에서는 피가 흘렀다. 하지만 나는 여전히 배를 잡고 웃었다. 그 편이 더 낫기 때문이다.

"안녕. 너랑 벽을 나누어 쓰고 싶은데. 내가 옆에 앉아도 될까?"

나는 눈을 떴다.

그녀는 내 대답을 기다리지 않고 내 옆에 앉았다.

"내 이름은 루야."

"나는 블라드."

"교감 선생님이 개학 연설을 할 시간에 맞춰 와야 하는데 지각했어."

좋은 소식이다. 그녀는 참석하지 못했다. 지금 막 도착한 것이다. 그러니까 그녀는 내가 흥분해서 떠든 것, 내가 갈매기 똥처럼 바닥에 나자빠지는 것을 보지 못했다.

"오히려 잘 된 거야. 지루해서 죽을 뻔했어. 방금 거기 있다가 나왔거든."

루가 내 팔꿈치를 보더니 물었다.

"아파?"

"응. 팔꿈치가 특히 아파. 다른 곳들도 다 아프지만."

루가 휴지를 꺼내더니 팔을 타고 흐르는 피를 닦아 주었다. 상처를 돌봐 주는 그녀를 보면서 나는 황홀한 기분이 들었다.

"이 학교에 처음 온 거니?"

"그래. 하지만 여기에 있게 되지는 않을 거야. 교감 선생님이 벌써 내 문제를 결정했을 거라고 생각해. 아직 쫓겨나지 않은 것은 결정이 늦어져서 일 거야."

"쫓겨난다고? 무슨 일이 있었는데?"

"나는 평등, 차이와 장애에 대한 존중을 교묘하게 섞어서 말하는 교감 선생님 의견에 내 생각을 말했을 뿐이야. 장애가 있는 친구들을 존중해야 하고, 그들의 잘못이 아니기 때문에, 그들이 장애를 선택한 것이 아니기 때문에 그들을 도와야 하고 어쩌고저쩌고…. 너는 그런 말을 들어 본 적 있니?"

"아, 그렇구나. 올해 학교에 통합교육반이 새로 생긴다고 하더니…."

"그래. 그거라면 내가 훤히 꿰고 있지."

"팔은 괜찮아? 교감 선생님과 싸운 건 아니겠지?"

"아니야. 그냥 내가 막 떠들어댔어. 그러고는 출입문 쪽으로 가다가 넘어졌을 뿐이야."

루는 아무 말 없이 벽에 머리를 기대고는 머리칼을 귀 뒤로 가지런히 넘기더니 미소를 지었다. 다행이다.

피는 더 이상 흐르지 않았다.

강당 문이 요란한 소리를 내며 활짝 열리고, 교감 선생님의 길고 긴 연설이 끝나서 안도하는 한 무리의 학생들이 몰려나오는 통에 잠시 생각이 멈췄다.

몇몇 아이들이 나를 흘낏 쳐다봤다. 나를 놀린다는 생각이 저절로 들게 하는 눈빛이다. 또 옷에 바람을 쐬어 주는 것이 당장 해야 하는 중대한 일인 양 운동장으로 잽싸게 달려가는 아이들도 있다. 그리고 맨 나중에 키가 큰 금발 머리 녀석 둘이 내 앞에 멈춰 섰다.

"확실하게 하는데, 자식."

"우와! 존경스러워."

둘 중 하나가 내 손을 잡고 나를 일으켜 세웠다. 키 큰 녀석 하나는 나랑 키가 비슷하다. 루도 일어섰다. 그녀는 둘 중 더 금발인 아이와 입을 맞췄다.

"블라드, 모르강과 폴을 소개할게. 블라드는 자기 모험담을 나한테 이야기하는 중이었어. 근데 교감 선생님에게 뭐라고 한 거니?"

나는 몸을 숙여 내 가방과 물건들을 집어 들었다. 잠깐 균형을 잃었지만 금세 똑바로 섰다. 나는 모니크에 몸을 기댔다. 모니크는 나의 지팡이다.

"교감 선생님에게 이렇게 말했어. 장애인들을 사랑하거나 존중할 이유는 천 가지나 있지만, 그 이유가 그들이 장애인이라서 그런 건 절대로 아니라고."

나는 루가 내 지팡이를 보았다는 것을 알아차렸다. 나는 계속해서 말을 이었다.

"예를 들어 우리는 괴상한 사람일 수도 있고, 꽃미남일 수도 있고, 고약한 요리사일 수도 있고, 호감 가는 사람일 수도 있다고. 더도 덜도 아니라고. 그러니까 좀 더 그럴듯한 이유로 우리를 존중해 달라고. 교감 선생님한테 내가 한 말은 대강 이런 내용이었어."

루가 나를 바라봤다. 그리고 장애는 나의 영역이라는 것을 이해하는 듯한 눈빛을 보냈다. 그녀는 또 모니크로 시선을 돌렸다. 모니크는 줄무늬가 있는 형광 노란색 지팡이다.

무겁고 거북스러운 침묵을 피하고 싶었는지 루가 내게 말했다.

"네 지팡이가 맘에 들어. 아주 세련됐는데?"

"내 지팡이는 이름도 있어, 모니크야. 내가 지은 이름이지. 사람처럼 말이야."

내가 웃으며 말하자 모두들 따라 웃었다.

"블라디미르 뒤샹, 지금 당장 교감실로 와!"

교감 선생님이 강당을 나서며 큰 소리로 말했다. 웃음이 싹 사라졌다.

"거기 가면 넌 된통 당할 거야. 어른의 자존심을 건드렸으니까. 교감 선생님은 이제껏 자기 말에 반대하는 사람을 못 봤을걸."

모르강이 말했다.

좋다. 나는 플랜 B를 선택하기로 결정했다. 내가 영웅 행세를 했던 것에 대한 결과를 겸허히 받아들이기로 마음먹었다.

"블라드?"

모르강과 손을 꼭 잡은 루가 나를 불렀다.

"네가 교감 선생님에게 했던 말은 일리 있는 말이야."

"나는 그것 때문에 좀 비싼 대가를 치러야 할 거야. 그리고 엄마는 그렇게 생각하지 않을 걸."

교감실에 가기 위해 계단 쪽으로 갔다. 모르강이 말한 것처럼 내 스타일 대로 걸어갔다. 무릎이 서로 부딪치고 뼈들은 나를 제대로 지탱해 주지 않는다.

그러니까 나, 블라디미르 뒤샹은 두 달 뒤에 열다섯 살이 되는, 관절이 제멋대로 움직이는 선천적 장애인이다. 올해 조르주 브라상 중학교 통합교육반에 들어왔다. 나는 말을 많이 하는 편이고, 머릿속에는 온통 영화에 관한 생각으로 가득 차 있다. 그리고 15분 전부터는 루가 나의 인생을 복잡하게 만들고 있다.

"힘내. 우린 밖에서 기다릴게, 블라드."

우정의 시작

짜증이 난다.

첫날, 첫 만남이 이렇게 직접적이다. 나는 교감 선생님 바로 앞에 건들거리며 서 있다.

교감 선생님과 나는 서로를 아주 잘 안다. 좀 많이 잘 아는 사이다. 그렇게 말한 사람은 바로 교감 선생님 본인이다. 담임 선생님이 나를 교감실로 보냈을 때 마지막으로 봤는데, 그때 교감 선생님은 이렇게 말했다.

"아, 사이드, 오랜만이야. 우리가 이렇게 만난 것이 얼마나 되었지?"

"4년입니다. 선생님."

"넌 유급을 했다. 담임 선생님이 반대 의견을 내기는 했지만 말이다. 그러니까 일 년 더 학교에 있어야 한다는 말이지. 알겠니? 모든 게 잘 된다면 일 년 후엔 졸업할 수 있겠지."

작년 6월에 그런 일이 있었다(프랑스 중학교는 4년제다. 학기는 9월에 시작하여 이듬해 6월에 끝나는데, 졸업 시험을 통과해야만 졸업할 수 있다. ─옮긴이). 졸업을 코앞에 두고 있을 때였다. 내가 안일하게 생각했던 것 같다. 나는 프랑스어를 포기했고, 프랑스어 선생님은 대충 넘어가 줄 그런 사람이 아니었다. 그 결과를 교감 선생님에게 직접 들었다.

"일 년은 아주 길 수 있다, 사이드."

침묵 끝에 교감 선생님이 입을 열었다. 나는 아무 말도 하지 않았다.

"앞으로 일 년 동안 너한테는 해결해야 할 것들이 있다. 하기야 늘 그렇기는 하지. 네가 지금 같은 태도를 계속 보인다면 우리는 줄곧 너를 지켜보다가 징계위원회에서 너를 퇴학시키기로 결정하겠지. 하지만 만약에….."

교감 선생님은 나를 불안하게 만들려고 잠시 뜸을 들였다. 나쁜 갱스터 영화에서 그러는 것처럼.

"네가 잠자코 있을 수만 있다면 그리 복잡한 일이 아니야, 그렇지? 네가 선생님들에게 화내지 않고 지내면 선생님들도 너한테 뭐라 하지 않아. 넌 일 년을 견뎌야 해. 그러고 나면 넌 열여섯이지. 그땐 네가 하고 싶은 것을 할 수 있어. 잘 생각해 봐라, 사이드. 치고받으며 일 년을 보내는 게 나을지 조용히 일 년을 보내는 게 나을지."

그 순간 나는 교감 선생님의 제안이 썩 괜찮다고 생각했다. 마치 졸업을 위한 좋은 비법이라도 생긴 것 같았다. 교감 선생님은 방금 내 성적과 그 결과에 대해 나한테 설명했고, 그건 다 끝난 일이다. 그 누구도 더는 이 일로 나를 못살게 굴지 않을 것이다. 한마디로 이건 주고받는 것이었다. '나는 너한테 화내지 않고, 너는 나한테 화내지 않는다'라는 암묵적인 룰이나 마찬가지다.

나한테는 아주 잘 된 일이었다. 날 낙제시킨 교감 선생님을 미워할 이유가 없을 정도다. 괜찮다. 나는 울지 않을 것이다. 나는 시간을 벌었어, 멋진 자식.

그러니까 졸업 때까지 학교에서 힘든 건 전혀 없을 터였다. 내 세상이나 다름없다. 단짝 친구가 없다는 게 조금 아쉽기는 하다. 마티유와 아부는 졸업해서 고등학교에 진학했다. 걔들은 어제 나한테 유급당한 걸 놀리는 문자 메시지를 보냈다. 하지만 난 화내지 않았다. 나한테는 계획이 있다. 〈오션스 일레븐〉에 등장할 법한 콘크리트처럼 단단한 계획이다.

일단 3월까지는 조용히 지낼 참이다. 선생님들이 지각이나 결석 문제로 나를 괴롭히지는 않을 것이기 때문에 조용히 지내는 건 어렵지 않을 것이다. 학교에 다니는 것이 힘에 부치면 격투기 도장으로 가면 된다. 샌드백을 두드리면 늘 마음이 편안해진다. 어떤 방법을 써도 너무 힘이 들 때면 나는 왼쪽 오른쪽, 왼쪽 왼쪽 오른쪽 하면서 주먹을 날리고 다리를 움직여 자세를 잡고 벽처럼 단단하고 무거운 샌드백을 내 주먹으로 흔들리게 하는 상상을 한다.

한마디로 말해 나는 몸을 사리고 있다가 내가 열여섯 살이 되는 3월에 학교를 그만두겠다는 거다. 완벽한 계획이다. 됐어. 나중에 뭘 할지 생각해 둔 건 없어. 하지만 찾을 거야. 틀림없어. 어차피 수업은 듣지 않을 테니까 그때 고민하면 될 것이다.

그런데 오늘 학교 운동장에 괴물같이 생긴 아이들이 모여 있는 걸 보았다. 몸이 뒤틀린 남자아이와 휠체어에 앉아 있는 음울해 보이는 여자아이가 있는 무리를 보고 있자니 오싹한 기분이 들었다. 그들은 운동장 안쪽에 있었다. 그리고 주변에 어른들이 함께 있었다.

처음에 나는 그들이 장난을 치는 것이라 생각했다. 아니면 동물원에 가는 것처럼 안내자가 따라다니는 견학 같은 것이라고 생각했다. 우리가 동물 역할을 하는 것이고. 그런데 아니었다. 선생님들이 통합교육반에 대해 설명해 주었다.

나는 그들을 유심히 쳐다보았다. 그들을 놀려 주고 싶었지만 내가 그렇게 한가한 처지는 아니었다. 초등학교 5학년 때 프랑스어 선생님이 〈프릭스〉라는 영화를 보여 준 적이 있다. 정말 끔찍하게 기괴한 영화로 무서움에 온몸을 떨면서 봤다. 하지만 아주 좋은 영화이기는 했다. 게다가 나는 비슷한 부류인 〈아메리칸 호러 스토리 시즌 3〉도 봤다. 꽤 유명한 드라마다. 통합교육반 괴물들을 보자 그 기억들이 떠올랐다.

중요한 것은 몸이 뒤틀린 아이를 보고 내가 깜짝 놀랐다는 점이다. 개학식 때 그 아이는 교감 선생님을 향해 자기가 하고 싶은 말을 다 하고 나가 버렸다. 나 같은 사람도 감히 하지 못한 일이었다. 물론 그 아이가 넘어졌을 때 웃기는 했다. 웃음이 나오는 건 어쩔 수 없었다. 어쨌거나 학교에 온 첫날 교감 선생님한테 대드는 걸 보면 엄청나게 용감하거나 아니면 머리가 어떻게 된 것이 분명하다.

마침 몸이 뒤틀려 있는 그 녀석이 바로 내 앞에 있다. 교감실로 향하는 계단을 올라가는 중이다. 그런데 그게 쉽지 않아 보인다. 팔다리가 각기 다른 방향을 향해 움직이고 있다. 심지어는 그 아이가 들고 있는 형광 노란색 지팡이조차 자기 갈 길이 있는 것처럼 따로 논다. 하마터면 녀석을 불쌍하다고 여길 뻔했다. 그 대신 나는 휘파람을 불며 야유했다.

"헤이, 거기 비비 꼬인 녀석! 엘리베이터를 못 찾았나 보지?"

그 아이를 그런 식으로 약 올리는 게 얼빠진 짓이라는 걸 나도 안다. 하지만 이따금 내 마음과 다르게 그렇게 되는 때가 있다. 왜 그러는지 나도 모르겠다. 격투기를 가르쳐 주는 장 코치님은 그것이 내 기질이라고 했다. 그래서 내가 나를 좋은 방향으로 이끌어가야 한다고. '좋은 방향으로 이끌어간다'는 것이 무엇을 의미하는지 잘 모르겠다. 하지만 뭐 그런 척한다.

몸이 뒤틀린 아이가 한 손으로는 지팡이를 짚고 한 손은 난간을 잡은 채로 멈춰 섰다. 나도 층계참 바로 뒤에서 멈췄다. 그 아이보다 세 계단 아래다. 그 녀석은 뒤돌아보지 않았다. 고개를 숙인 채 한숨을 몰아쉬며 물었다.

"방금 나를 뭐라고 불렀지?

"갈 길 가시지, 열 올리지 말고. 장애인 친구."

바로 그때 종이 울렸다. 쉬는 시간이 끝난 것이다.

교실에 일등으로 들어가려고 애쓰는 아첨꾼들의 발소리가 이미 들려오던 참이다.

여전히 몸을 돌리지 않은 채로 녀석이 다시 나에게 물었다.

"너는 이름이 뭐냐?"

"사이드. 하지만 넌 나를 선생님이라고 불러도 돼. 왜냐하면 말이지…."

그가 고개를 돌려 어깨너머로 나를 바라봤다. 녀석의 눈빛이 번뜩인다. 제기랄, 내가 정통으로 건드렸다. 간, 위장 같은 예민한 어떤 부분을. 화가 머리끝까지 차오른 것이 보였다.

"좋아, 사이드. 너한테 예의가 뭔지 가르쳐 주겠어."

그 뒤로 어떤 일이 순식간에 일어났다. 뭐라고 설명하기 쉽지 않은 어떤 흐름을 가진 일이 머릿속에 순차적으로 그려진다. 그리고 마침내 나는 다음과 같은 과정을 이해하게 된다.

Cut	Picture	Action
1		녀석이 재빨리 돌아선다.
2		녀석의 오른손이 난간에서 떨어진다.
3		녀석의 형광 노란색 지팡이가 올라온다. 녀석의 몸이 크게 휘청인다.
4		동시에 아이들이 계단 쪽에서 올라오는 모습이 보인다.

이 과정이 1초도 안 되는 시간에 머릿속을 스쳐 지나간다. 모든 것이 한꺼번에 파노라마처럼 펼쳐진다. 그러고는 바로 다음 순간에, 그러니까 거의 동시에 모든 것이 일시 정지 상태가 된다. 녀석은 바닥에 누운 채 꼼짝도 하지 않는다. 계단에서 넘어져 다친 상태라는 것을 이해한 바로 그 순간에 말이다. 그것도 나 때문에….

영화라면 트럼펫이나 내가 모르는 어떤 악기로 연주하는 음악이 엄청나게 크게 울려 퍼질 만한 순간이다. 무척 심각한 분위기를 풍기는 음악 말이다.

나의 직감대로 녀석은 계단에서 굴러떨어졌고, 나는 그 녀석을 안고 뒤로 넘어졌다. 예상했던 일이라 충격을 줄이기 위해 껑충 뛰기까지 했지만 소용이 없었다. 그 녀석이 내 가슴에 부딪히는 순간 나는 바로 나가떨어졌다. 녀석은 생각했던 것보다 훨씬 무거웠다. 앞이 캄캄해졌다. 그러나 완전한 암전은 아니다. 내가 잠시 눈을 감았나 보다. 결론은 KO도 아니고, 실신한 것도 아니다.

나는 층계참에 쭉 뻗어 있었다. 타일 바닥에 부딪힌 머리가 얼얼했다. 내 몸 위에 녀석의 머리가 딱 달라붙어 있는 것이 보였다. 어디선가 걱정스러운 목소리가 들렸다.

"괜찮아?"

그 순간 녀석이 좀 흐릿하게 보이는 기이한 일이 일어났다. 반사적으로 나의 시선이 녀석이 아닌 다른 곳을 향했기 때문이다. 나는 녀석의 뒤에 있는 다른 얼굴에 눈을 떼지 못했다. 다갈색 머리칼로 감싸인 얼굴, 이상한 빛처럼 보이는 점들이 가득한 코가 보였다. 테아다.

4년 동안 복도에서 무수히 마주쳤지만 테아가 나를 쳐다본 적은 거의 없었다. 그녀와 쌍둥이 자매인 샬리도 마찬가지였다. 테아는 내가 무척 거슬리는 아이라고, 여자애들끼리 흉을 볼 때나 내 이름을 기억해 내는 게 분명하다.

내가 전에 테아를 놀리고, 테아의 펜을 떨어뜨리고, 복도에서 떠밀기도 했던 것은 사실이다. 언젠가 한 번은 테아의 머리카락을 잡아당긴 일도 있었던 것 같다. 다시 말해 나는 테아랑 마주칠 때마다 쪼다 같은 짓만 골라 했다. 내가 왜 그랬는지 지금 생각해 봐도 잘 모르겠다.

어쨌든 도장에서 운동을 한 후 피곤하지만 한결 마음이 편안해져 집으로 돌아가는 저녁이면 자주 테아를 생각한다. 우리

두 사람뿐이었다면 나는 테아에게 말을 걸었을 것이다. 테아의 쌍둥이 자매나 그녀의 친구들, 또는 내 친구들이 없었다면 말이다. 그리고 이 학교 전체, 모든 벽들, 생각하는 것을 말하지 못하게 하는 방해 요소들만 없었다면 말이다.

아무리 봐도 테아다. 테아가 우리 쪽으로 몸을 기울였다. 테아의 눈에 전에는 한 번도 본 적이 없었던 감정이 서려 있다. 상냥함이다. 감탄하는 눈빛인 것도 같다.

"사이드, 네가 얘를 받은 거야? 이런 일을 하다니 대단하다!"

테아가 무릎을 꿇고 우리 곁에 앉았다. 그녀의 머리가 뒤틀린 녀석과 닿을락 말락 했다. 나는 이 녀석의 이름을 모른다. 그저 두 사람을 번갈아 쳐다볼 뿐이다.

눈으로 읽어낸 모든 것이 이상하다. 예를 들어 녀석의 눈에서 나는 처음에 격렬하고 깊은 분노를 보았다. 그 뒤에 녀석은 테아 쪽으로 시선을 던지더니 눈 깜짝할 사이에 고개를 돌려 나를 쳐다보았다. 표정이 달라진 것으로 보아 아마도 녀석은 내 눈에서 특별한 무언가를 읽어낸 것이 분명하다. 아무래도 녀석이 알아챈 것 같다.

뒤틀린 녀석이 웃었다.

"고마워, 사이드. 네가 있어서 다행이야. 제대로 넘어질 뻔했는데 말이야."

테아가 우리 둘을 일으켜 주었다. 금세 우리 주변으로 다른 아이들이 모여들기 시작했다. 나는 처음으로 아이들이 나를 불량 학생 사이드, 으름장 놓는 기분 나쁜 아이 사이드로 보지 않는다는 느낌을 받았다. 그들은 나를 영웅처럼 보고 있었다.

기분이 괜찮다. 평범한 놈이 되다니.

"나를 교감실에 데려다주는 건 귀찮은 일이겠지, 사이드?"

녀석이 계속해서 말했다.

"그리고 네 말이 맞아, 사이드. 다음엔 엘리베이터를 타는 게 낫겠어."

녀석의 말에 대답했다.

"교감실에 데려다주는 건 그다지 좋은 생각 같지 않은데? 교감 선생님은 나를 보는 게 전혀 기쁘지 않을 거야."

녀석은 또다시 웃었다.

"농담이지? 넌 방금 장애 학생의 목숨을 구한 거야. 내 생각에 교감 선생님이 너한테 메달이라도 줘야 할 것 같은데?"

뭐라고 대답해야 할지 모르겠다. 그래서 슬쩍 그의 팔 밑으로 몸을 밀어 넣어 계단 올라가는 것을 도와주었다. 흘낏 내 뒤쪽을 쳐다보는 것도 잊지 않았다.

테아가 나를 바라보고 있었다. 교감실로 향하는 여닫이문을 어깨로 밀쳤다. 됐다. 녀석과 나 둘뿐이다. 아주 잠깐 계단에서 일어난 일이 되풀이될 것인가 생각했지만, 전혀 아니다. 녀석은 조금 물러서더니 내게 손을 내밀었다.

"난 블라드야."

"난 사이드."

"지금 상황에 딱 어울리는 말이 있어. 내가 정말 좋아하는 영화 끝에 나오는 근사한 말이야."

"무슨 말인데?"

"이게 아름다운 우정의 시작이라고 생각한다."

그렇게 〈카사블랑카〉에 대해 이야기하고, 교감실을 향해 발걸음을 옮기는 중에 블라드와 나는 친구가 된다.

마틸드

지랄 맞은 비극

나는 장애인들을 좋아하지 않는다.

적응을 잘하는 사람들, 용기를 잃지 않고 불운을 견뎌 내는 사람들을 좋아하지 않는다. 자신의 불운을 받아들이는 사람들, 자신의 불운을 즐기는 사람들은 더욱더 싫다. 내게 주어진 운명은 고약하지만 그런 운명을 웃어넘긴다는 식의 태도는 역겨워서 구역질이 난다. 추잡한 거짓말쟁이들이다.

장애는 그냥 비극이다. 지랄 맞은 비극이다. 길고 날씬한 다리를 자랑스럽게 드러내지도 못하고, 치마 길이가 길다느니

짧다느니 하면서 엄마랑 다투지도 못하고, 그저 담요 아래 있는 딱딱하게 굳은 아무 쓸모없는 넓적다리, 순대같이 말라비틀어진 넓적다리를 가리느라 바쁜 여자아이를 생각해 보라고.

똑같은 긴 치마, 똑같은 통 넓은 바지로는 현실을, 비참한 다리를 가리기에 충분하지 않기 때문에 꼭 담요가 필요하다. 공포 영화를 보는 사람들이 깜짝 놀라 비명을 지를 것만 같은, 끔찍하게 생긴 다리다. 이럴 때 사람들은 웃음을 터뜨리지 않으니까.

장애는 비극인 게 맞다. 비극이 아니라면 추잡한 희극이다. 정말로 나쁜 것은 그 비극의 주인공이 나라는 사실이다.

"네게도 너만의 삶이 있어, 마틸드. 그게 너한테 힘들다는 것도 알고, 다른 사람이 되길 원하는 것도 알아. 하지만 이건 과정이야. 지금은 사춘기이고, 사춘기는 곧 지나갈 거야. 왜냐하면…."

"어른이 되면 내 다리가 자라기라도 하나요?"

내가 욕을 퍼붓고 소리를 지른 게 언제부터였는지 잘 기억이 나지 않는다. 그런데 나의 말에 엄마가 울었다. 언제나 그렇듯이. 아빠는 소리를 질렀다. 언제나 그렇듯이. 이건 엄마와 아빠, 내가 함께하는 일종의 놀이다. 우리들은 각자 맡은 역할이 있다. 역할을 바꿀 이유가 전혀 없다.

적어도 엄마 아빠가 나를 가만히 내버려 두었더라면, 내 방에서 음악을 듣고 인터넷을 하면서 그냥 조용히 있게 해 주었더라면, 이 한 번의 갈등은 줄어들었을지도 모른다.

나는 부모님에게 아무것도 요구하지 않는다. 엄마 아빠는 나한테 신경을 덜 써야 한다. 하필이면 거지 같은 통합교육반에 나를 들여보내서 그 멀고 먼 운동장을 지나야 교문으로 나올 수 있게 해 주다니 정말 눈물 나게 감사하다.

학교에 가 있는 시간을 제외하면 컴퓨터 앞에서 노느라 공부는 대충한다. 당연히 내 성적은 형편없다. 사실 성적 따위는 전혀 상관없다. 내가 나중에 취직을 할 것도, 경력을 쌓을 것도, 생활비를 벌 것도 아니잖아.

내가 뭘 하든 나는 항상 반은 죽은 거나 다름없는 마틸드, 의자에만 앉아 있는 마틸드, 일어서지도 걷지도 달리지도 춤추지도 못하는 마틸드, 온갖 못된 인간들에게 시원하게 한 방 먹이지도 못하는 마틸드일 테니까.

장애 때문에 내가 아무것도 할 수 없다는 것에 비하면 다른 것들은 다 평범하다고 할 수 있다. 그리고 솔직히 그런 생각만 해도 견딜 수 없어진다. 나는 나 자신이 징글징글하게 싫다. 간단히 말해서 나는 장애인들이 싫다. 장애인들이 자신의 결함을 받아들이는 것처럼 보일 때면, 특히 싫다.

그래서 나는 지팡이를 가지고 다니는 잘생긴 남자아이가 처음 보자마자 싫었다.

"내 이름은 블라드야."

그 아이는 내게 손을 내밀며 또박또박 말했다. 장담하는데 그 아이는 체육 과목을 하게 될 것이다.

나는 대꾸도 하지 않고 그 아이를 쳐다보았다. 그 멍청이는 바보 같은 표정을 짓고 있었다. 예쁜 얼굴을 하고 연신 웃음을 터뜨리는 그 아이의 삶은 분명 쉬울 것이지만, 나는 하나도 놀랍지 않았다. 그리고 그 아이는 걸었다. 지팡이를 짚고 있지만 어쨌든 걸었다. 세련된 외모에 어울리지 않게 계속 부들부들 떨리는, 지팡이를 짚은 손이 예뻤다.

나는 휠체어 바퀴에 손을 올려놓았다. 그러고는 그에게 등을 돌렸다.

"마틸드…."

엄마가 한숨지으며 말했다.

늘 창피함을 느끼는데 집으로 돌아갈 때 엄마가 데리러 왔기 때문에 오늘따라 더 창피했다. 통합교육반의 다른 지체 장애 아이들은 모두 개인 도우미를 둘 권리가 있다. 하지만 나는 아니다. 적어도 지금은 아니다. 나는 다른 아이들에 비해 겉으로 봤을 때 장애가 덜해 보인다. 마치 어떤 수준, 등급, 점수가 있기라도 한 것 같다.

"넌 자립해서 사는 법을 배워야 해, 마틸드. 네 엄마랑 내가 언제나 네 곁에서 널 도와줄 수 있는 건 아니니까."

"화장실에 따라가 주는 거 말이에요, 아빠? 아니면 욕조에서 들어 올려 주는 거요?"

이번에 아빠는 소리를 지르지 않았다. 대신에 아빠의 눈에 무언가 반짝였다. 아빠는 아무 말 없이 부엌에서 나갔다. 아빠가 눈물을 보인 것은 이번이 처음은 아니다. 이렇게까지 아빠를 몰아붙이면 내 기분이 좋아지느냐? 그건 아니다. 하지만 화가 조금 풀리는 것은 사실이다.

지팡이를 짚은 잘생긴 남자아이가 휠체어를 빙 돌아서 다시 내 앞에 섰다.

"안녕, 나는 블라드야. 우리 반대편에서 만났었어. 음, 우리 지금 춤추는 거니?"

고백하자면 그 순간에 그 아이는 나를 꼼짝 못 하게 만들어 버렸다. 웃음이 나오는 걸 참을 수가 없었다. 자꾸만 올라가는 입꼬리를 단속하려니 표정이 이상해졌다.

엄마가 그런 나를 의아해하며 쳐다보았다. 그러더니 도우미 선생님과 이야기를 나누려고 몇 걸음 뒤로 물러났다. 그 덕분에 잘생긴 블라드와 둘만 있게 되었다.

그 아이는 계속해서 이런저런 말을 했다. 그가 조금 과장하고 있다는 것을 알았다. 그 아이는 기관총을 쏘아대듯 자신에 대해, 주로 자신이 모니크라고 부르는 지팡이에 대해, 손에 일어나는 경련에 대해 말했다. 그런데 놀랍게도 과장된 그 아이의 말이 전혀 짜증 나지 않았다. 오히려 그 반대였다.

단 한 번일지라도 누군가가 내게 진실한 관심을 보였다는 사실이 좋았다. 아마도 그 아이는 누구한테나 그랬을 것이다. 어쩌면 그의 수다는 숙달된 매력 프로그램 같은 것이었을 수도 있다. 이유야 어쨌든 나는 그 순간이 정말 좋았다.

그리고 그 아이가 교감 선생님이 연설하는 도중 일어섰을 때, 덩달아 내 심장도 빨리 뛰기 시작했다. 나는 그가 하는 말을 들었다. 들으면 들을수록 그 말이 맞다는 생각이 들었다.

하지만 나라면 절대로 그렇게 말할 일이 없을 것이다. 나는 장애인에 대해 그런 관점에서 생각해 본 적이 단 한 번도 없다. 하지만 모두 맞는 말이다. 우리 장애인들도 다른 사람들처럼 장애에 대해 바보 같은 생각을 할 수 있다.

무엇보다 내가 바보인 것은 확실하다. 나는 밖에서 기다리고 있는 엄마, 지난주에 눈물을 보였던 아빠 생각이 났다. 아마 그럴 것이다. 아마 우리가 다른 사람들과 똑같다는 블라드의 말이 맞을 것이다.

그러고는 그 아이는 모든 사람들이 보는 앞에서 넘어졌다. 이상하게도 나는 그 모습을 보자마자 쫓아가서 그 아이를 일으켜 세워 주고 싶었다. 기운을 내라고 말해 주고 싶었다.

물론 실제로는 꼼짝도 하지 않았지만 말이다. 휠체어가 의자 사이에 끼여 있다는 이유 때문만은 아니었다. 부모님에게 진실을 보여 주는 것, 세상에서 가장 끔찍한 장면을 보여 주는 것은 전혀 아무렇지 않으면서 걸음도 제대로 걷지 못하는 그 아이의 연설에 감동한 청중들, 그 수많은 사람들 앞에 나서는 건 창피했기 때문이다.

그래서 나는 그 아이가 강당을 나가는 것을 그냥 보고 있었다. 잠시 뒤에 엄마가 나를 복도로 데리고 나갔을 때 교감 선생님이 큰 소리로 그 아이를 부르는 소리를 들었다. 딱딱하게 굳은 그 아이가 힘들게 균형을 잡았다. 그 모습을 보니 심장이 빠개지는 것 같았다.

그리고 바로 그다음 순간에 내 심장은 실망스러움으로 무너져 내렸다. 700볼트 전류를 맞은 것 같았다. 내 생각으로는 평생 남아 있을 법한 그런 충격이었다. 잘생긴 블라드 옆에 아주 예쁘게 생긴 금발의 여자아이가 있었기 때문이다.

여자아이의 옆모습만 봤다. 나는 그 여자아이의 길고 날씬한 다리, 가볍고 아무 걱정이 없는 다리를 잠깐이라도 보지 않으려고 슬쩍 고개를 돌렸다. 그 탓에 나는 블라드의 눈에 무엇이 들어 있는지 확실히 보았다. 그 아이의 눈에는 작은 불꽃이 들어 있었다.

나는 질투를 느낄 자격이 없다. 블라드는 나를 모른다. 게다가 그 아이는 장애인이다. 더 말할 필요도 없이 나 또한 장애인이다. 이것이 내 머릿속에서 싹트기 시작한 멍청한 작은 꿈을 애초에 시작도 말아야 할 두 가지 이유다.

　교감 선생님이 블라드를 퇴학시켜 버렸으면 좋겠다. 그럼
꼴좋게 될 텐데.

　나는 장애인들이 싫다.

　그중에서도 좋아하는 마음을 애써 감추게 만드는 그 장애
인 녀석이 제일 밉다.

너그러운 처벌

교감실에 있는 것은 난처하고 거북스럽다. 하지만 나는 교감 선생님이 몹시 불쾌한 사람은 아니라는 걸 금방 알아챘다. 엄마가 늘 하는 말처럼 '못된 사람'은 아니다.

선생님은 기본적인 문제를 두고, 보다 차분한 토론을 하고 싶었다고 말했다. 내 말이 맞고, 자기 말이 사려 깊지 못한 것이었다고도 했다. 또 선생님은 이제 막 문을 연 통합교육반 학생을, 그것도 개학 날에 퇴학시킬 수 없다고 설명했다. 그건 우스꽝스러운 일이 될 거라고….

그 말을 듣고 보니 과연 그렇겠다는 생각이 들었다. 그렇게 까지 나서지 말았어야 했다는 후회가 들지만, 너무 늦었다.

교감 선생님이 웃었다. 교감실에서 풀려날 시간이 가까워지고 있다. 아직 루는 운동장에서 나를 기다리고 있을 것이다.

"그래, 뒤샹. 네가 옳다. 너는 다른 사람들과 똑같은 대접을 받을 자격이 있다."

선생님은 자신의 실수를 인정한다. 1점 획득.

"그러니까 다른 아이들과 똑같이 선생님에게 무례한 언행을 한 벌로 토요일 아침에 두 번, 6시간 학교에 나오는 벌을 주기로 하겠다. 내 생각에 너는 이 벌에 대해 다른 의견은 없을 것 같은데?"

이 순간 나는 패배를 인정한다.

동점이다. 이제 공은 가운데에 있다.

일주일에 단 하루 늦잠을 잘 수 있는 날에 학교에 나와 6시간을 버티는 벌은 엄청 힘들겠지만, 학교에서 쫓겨났다고 엄마한테 말하는 것에 비하면 최악의 상황은 모면한 셈이다. 너그러운 처벌을 내려 준 선생님에게 감사할 따름이다.

교감 선생님은 나와 헤어지기 전에 내가 분명히 통합교육반의 대표가 될 것이라고 말했다. 선생님이 문 앞까지 나를 데려다줬다. 나는 비틀거리는 걸음으로 복도로 되돌아갔다. 비틀거리며 걷는 것은 내 전매특허다.

선생님이 '잘 자란 아인데 불쌍하네.'라고 생각하며 조심스럽게 나를 바라보고 있는 것을 안다. 그 순간 나는 한쪽 다리에 좀 더 힘을 실으며, 심하게 절뚝거리며 걸었다. 몇 년에 걸쳐 훈련된 걸음걸이지만, 다른 사람들이 내가 곧 넘어질 거라고 생각하게 만드는 걸음걸이기도 하다.

어쩌면 교감 선생님이 불편한 걸음을 내딛는 나를 안쓰러워했고, 그래서 벌을 감해 준 것인지도 모를 일이다.

가까워지는 거리만큼

심리적 다리 걸기

가끔 화가 치밀어 오른다.

그 화를, 장애 때문에 화가 나 있는 그 시기를, 너무 부당하다고 생각하는 그 상황을 헤치고 나아가야 한다. 왜 나한테 그런 일이 일어난 것일까. 엄마 배 속에서 나올 때 탯줄이 목에 감겨서 제대로 산소가 공급되지 않았고, 그것이 돌이킬 수 없는 후유증을 남겼다.

가끔 이유 없이 모든 것을 부숴 버리고 싶을 만큼 화가 나는 순간이 있다. 한편으로는 그런 순간이 나를 숨 쉬게 해 준다. 한 차례 분노를 쏟아내고 나면 원망하는 마음이 없어진다. 부모님도, 마법을 부릴 줄 모르는 의사 선생님도, 나를 보호하겠다면서 내 앞길을 가로막은 초등학교 때 선생님들도 원망하지 않게 된다.

그러고 나면 실눈을 뜨고 흘끗거리며 작은 소리로 속닥거리거나 머리 걸기를 하는 사람들, 거리를 지나다니는 사람들, 식당에 있는 사람들, 여기저기에 있는 사람들에게 소리를 지르고 싶은 충동도 가라앉는다.

머리 걸기는 우리 엄마가 쓰는 말이다. 엄마는 심리적 다리 걸기를 '머리 걸기'라고 부른다. 예를 들어 풀이 죽게 만드는 못된 생각, 쉬는 시간에 들려오는 조롱 섞인 말들, "난 장애가 있는 남자애랑은 같이 다니지 않아." "차라리 너 같은 여자애를 찾아보지 그래." 따위의 말들이 심리적 다리 걸기다.

이제 나는 내가 장애인이라는 것과 이것이 나의 인생이라는 것을 받아들이고 있다. 내 인생의 의미를 찾고 있다. 좋은 것도 좋지 않은 것도 모두 받아들이려 노력하고 있다. 나는 보통 사람들에 비해 특별하다고 할 수도 있고, 아니면 부족하다고 할 수도 있다. 관점에 따라 다르다.

내가 가진 장애는 곰지락운동이다. 이름만 들으면 그럴듯하게 들린다. 기묘한 느낌을 주는 손, 위축된 발, 옆으로 약간 기울어지고 전체적으로 뒤틀린 신체가 모두 합쳐져 내가 가진 장애가 된다. 나는 일상적인 활동을 방해할 정도로 멋대로 움직이는 몸을 갖고 있다.

가끔은 내가 기이한 파충류, 뒤틀린 소관목, 상처 입은 괴물 같다는 생각이 든다. 그래서 사소한 것만으로 괜찮아질 때가 많다. 반가운 미소, 그렇게 나를 받아들여 주는 누군가, 너무 많은 질문을 하지 않는 것만으로 아주 괜찮다. 아니면 나의 장애를 잊어버릴 수 있는 단 하루만 내게 주어져도 충분하다. 그렇게 된다면 나는 자유로운 퓨마, 미치광이 댄서, 매력적이고 잘생긴 녀석이 되겠지.

나는 통합교육반에 가고 싶지 않았다. 그곳은 나를 손가락질하고, 따돌리고, 장애인이라는 꼬리표를 달아주는 곳이다. 엄마는 내가 그 반에 들어갈 수 있도록 갖은 노력을 하고 있었는데, 정작 나는 내가 뽑히지 않기를 바랐다. 교실에 들어가는 순간 평생토록 장애인이라는 이름으로 한데 묶여 버릴까 봐 겁이 났다.

통합교육반 선생님들은 우리들을 위해 맞춤 수업을 한다. 또 학교에는 도우미 선생님도 있다. 나의 학교 생활을 도와주는 이렌느 선생님은 내가 글을 빨리 쓸 수 있도록 나의 손이 되어 주고, 똑바로 달릴 수 있도록 나의 발이 되어 주고, 고통 없이 책가방을 들어 올릴 수 있도록 나의 등이 되어 준다. 쉬는 시간에 선생님 없이 혼자 교실 밖을 나갈 때면 잊지 않고 모니크를 손에 쥐어준다.

쉬는 시간이면 휘어진 개암나무가 된 것 같은 느낌이 덜해진다. 나는 조용히 얽힌 내 가지들을 풀어놓는다. 그런 나의 곁에는 루가 있다. 개학 날 복도에 앉아서 이야기를 나눈 뒤 우리는 단짝이 되었다.

진짜 단짝은 같이 놀고 같이 떠들고 모든 이야기를 다 하고 모든 것을 공유하는 사이다. 그렇지 않으면 아무것도 아니다. 우리는 단짝이 된 것을 기념하는 파티를 했다. 루의 아이디어였다.

루는 생물실 창틀 위에다 촛불을 켰다.

"이리 와 봐, 블라드. 우리 파티하자."

루는 연이어서 말했다.

"더 빨리 올 수 없어? 안 되는구나. 그럼 내가 익숙해져야지!"

우리는 촛불을 불었다.

"우리가 만난 지 한 달이 됐어. 알고 있어? 한 달 동안 헤어지지 않고 우정을 이어갔단 말이야."

나의 루가 말했다. 단지 '여자 사람 친구'인 나의 루는 제일 좋고, 최고로 재미있고, 정말 예쁜 장난꾸러기다.

그때 모르강이 달려왔다. 모르강은 마치 현행범을 잡기라도 한 것처럼 우리에게 물었다.

"둘이서 뭘 기념하는 거야?"

나는 농담으로 모르강의 기분을 풀어 주려 했다.

"그렇게 뚱한 표정 하지 마, 모르강. 우리가 도서실에서 홀딱 벗고 있다가 걸린 것은 아니란 말이지."

그러자 모르강이 머리 걸기식 대꾸를 했다. 만약 머리 걸기 대회가 있다면 거의 세계 챔피언급이었다.

"다른 녀석이었다면 진짜 신경이 쓰였겠지. 난 여자랑 남자 사이의 우정을 믿지 않거든. 하지만 너하고의 우정이라면 걱정할 게 없지."

그러면서 거칠게 내 등을 탁 쳤다.

　이 말이 내 머릿속에서 크게 울렸다. 루가 몹시 가슴 아픈 표정으로 나를 바라보았다. 그러면서 전단지 같은 것을 내게 내밀었다. 그 순간 모르강이 루를 붙잡아 그녀의 몸을 들어 올려 키스를 했다. 뭐, 그랬을 거라고 생각한다. 그 광경을 보지 않으려고 오래도록 고개를 돌리고 있었기 때문에 끝까지 보지 못했다. 대신에 나는 사이드에게 아주 중요한 할 말이 있는 것처럼 굴었다. 루가 건넨 종이는 주머니에 쑤셔 넣었다.

　"안녕, 사이드. 그러니까, 으음, 선생님이 목요일 날 뭐라고 했는지 아니?"

　사실은 이렇게 말하고 싶었다.

　"안녕, 사이드. 모르강이 지금 내 등 뒤에서 루에게 키스를 하고 있는 중이거든. 내가 그 장면을 떠올리지 않게 해 줘봐. 이 자리에서 벗어날 구실을 만들어 봐. 난 정말 보고 싶지 않아."

누구에게나 마련된
나쁜 운명

안드로마케 오! 마침 카산드라가 오는군요!

당신은 어떻게 하루 만에 전쟁에 대해서 그렇게 이야기를

할 수가 있어요? 행복은 무너져 버렸어요.

카산드라 진짜 눈이야.

안드로마케 역시 아름답구나. 태양을 보세요. 태양이 깊은

바다보다 더 많은 진주조개의 빛을 트로이 주변에 모으고

있어요. 어부의 집에서, 모든 나무에서 조개의 속삭임이

들려와요. 혹시라도 인간들이 평화롭게 살 수 있는

방법을 찾아낼 기회가 있었다면 오늘… 그리고 인간들이
겸손해지려면… 인간들이 영원히 살려면.
카산드라 그래요, 사람들이 문 앞에 데려다 놓은 몸이…
마비된 자들은 자신들이 영원히 산다고 생각해요.

"마비된 자들이라고?"

나는 그 표현이 믿기지 않는다. 화가 나서 고개를 들었다.
원래 이름은 라피오지만 우리들끼리는 라피노로 통하는 선생님
이 무슨 낌새를 느꼈는지 나를 바라보았다. 약간 놀란 표정이더
니 이내 상황을 파악한 것 같다. 선생님의 뺨이 단번에 빨개졌
기 때문이다.

"선생님, 마비된 자가 뭐예요?"

내 뒤에 있는 누군가가 질문했다.

그러니까 선생님은 장애인이 등장하는 텍스트를 시험 문제
로 선택한 이유를 우리에게 설명하고 싶었던 것이지요? 우리를
조롱하려고? 우리가 선생님 수업에 더 오래 참여하면 어떤 기
분일지 알게 해 주려고? 아니면 단지 우리를 창피해할 기회를
한 번 더 주려고?

"이건, 음… 장애인하고 비슷한 말이에요. 몸을 움직이지 못하는 사람들을 가리키는 말이에요."

나는 선생님에게서 눈을 떼지 않았다. 선생님의 얼굴이 점점 더 새빨개졌다.

"이 단어를 문자 그대로 해석하면 안 돼요. 여기서 이 단어는, 그러니까… 노인이나 환자 같은 사람을 두고 하는 말이에요."

선생님은 횡설수설하더니 점점 더 궁지에 몰린다. 이 순간 나는 어수룩한 말투로 질문을 던지는 즐거움을 뿌리칠 수 없다.

"우리들처럼요? 그 사람들이 움직일 수 없기 때문에 바깥으로 데리고 나와야 하는 거지요?"

"그럴지도 모르지만. 글쎄, 결국은 그게 그런 거지. 무슨 말을….."

한 마디라도 더 한다면 선생님이 불쌍해질 지경이다.

"이건 상징적 표현이야."

선생님이 평소 모습으로 돌아가려고 애쓰면서 말을 이었다.

"내용을 계속 읽어 보면 비슷한 말이 나와."

"읽어도 전혀 이해가 되지 않아요."

내 오른쪽에 앉은 아이 하나가 투덜댔다. 나는 늘 같은 반 아이들의 이름을 기억하지 못한다. 아주 예외적인 경우를 제외하고는. 나는 반 아이들을 무시하는 게 맞다.

"다시 읽어 봐."라고 말하는 선생님의 목소리에 짜증이 묻어났다. 결국 우리는 고개를 숙이고, 장 지로두의 《트로이 전쟁은 일어나지 않으리》 1막 1장에 집중했다.

안드로마케 그들이 모두 건강해지기를! … 전위대의 저 기병을 좀 보세요. 등자 위에서 몸을 숙여서 방어용 요철 안에 있는 고양이를 쓰다듬는 군요. … 곧 짐승과 인간이 화합하는 날이 오겠어요.

카산드라 당신은 말이 너무 많아요. 운명이 흔들리고 있어요, 안드로마케.

안드로마케 남편이 없는 처녀들의 운명이 흔들리는 거겠지요. 나는 당신 말을 믿지 않아요.

카산드라 당신 말은 틀려요. 아! 영광스럽게도 헥토르가 사랑하는 아내가 있는 집으로 돌아오고 있어요! …

호랑이가 한쪽 눈을 뜨고 있어요. … 아! 반신불수들은
작은 의자에 앉아 영원히 살 거라고 생각해요. … 아!
호랑이가 기지개를 켜네요.… 아! 세상이 평화로우려면
오늘이 기회예요! … 호랑이가 입맛을 다시고 있어요.
안드로마케는 아들을 낳게 될 거예요! 갑옷을 입은
기병들이 지금 등자 위에서 몸을 숙여서 방어용 요철 안에
있는 고양이들을 쓰다듬고 있어요! … 호랑이가 움직이기
시작해요!

안드로마케   그만 해요.

카산드라   이제 호랑이가 소리 없이 궁전 계단을 올라오고
있어요. 호랑이가 문에 달린 조각 장식을 밀어요. 왔어요,
왔어요.

헥토르   (목소리만) 안드로마케!

안드로마케   거짓말쟁이! 호랑이라더니 헥토르에요!

카산드라   누가 당신에게 다른 말을 했나요?

더 이상 참지 못하겠다.

"선생님?"

"왜 그러니, 마틸드?"

"반신불수가 '몸이 마비된 자'와 비슷한 말인가요? 반신불수는 한쪽만 마비된 사람이라는 뜻이잖아요. 한쪽만 마비된 사람들은 불편해도 걸을 수 있어요. 아닌가요? 작가는 오히려 하반신 마비 환자를 말하고 싶었던 게 아니었을까요? 아니면 사지 마비 환자를 말하고 싶었거나요."

선생님이 안절부절못하고 의자 위에서 몸을 계속 움직이는 모습이 아주 마음에 든다. 커다란 안경을 치켜 올리려고 애쓰는 것처럼 코를 신경질적으로 씰룩댄다. 이게 바로 아이들이 '라피노스러운 표정'이라고 부르는, 그 유명한 잘난 체하는 표정이다. 쉬는 시간이면 우리가 재미 삼아 비웃는 표정이기도 하다. 수업을 듣지 않는 아이들도 그 표정을 가지고 농담을 한다. 평소 나는 그런 무리에 끼지 않는다.

그러나 직접적인 관련이 없는데도 나와 연관 지어 농담을 할 때는 예외다. 이 모든 것이 내 머릿속에서 뒤섞이지는 않는다. 중요한 것은 이것이 선생님에게 하는 작은 복수라는 점이다. 내게 만족감을 주는 복수다.

"잘 얘기해 주었구나, 마틸드. 하지만 일반적으로는 이렇게 말하지. 그리고….”

“‘몸이 마비된 자들은 자신들이 영원히 산다고 생각해요’라는 말이 일반적으로 쓰이는 말인가요? 장애인들은 자신들이 영원히 살 거라 믿는다는 생각은 작가의 생각인 거지요?”

선생님이 고개를 흔들더니 다시 라피노스러운 표정을 지었다. 내 뒤에서 숨죽여 웃는 소리가 들렸다.

“아니야, 마틸드. 이 구절은 그런 의미가 아니야. 이건 단지… 약한 사람들에 대한 이야기라고 생각해야 해. 그것뿐이야. 약한 사람들, 그리고 그 순간에 그들은 죽지 않는다고 믿는다는 의미지. 글을 잘 읽고 질문을 해야 해. 자, 공부를 계속하자.”

좋아, 됐어. 선생님을 거북하게 만드는 건 더는 재미있지 않다. 아니면 선생님의 약자들에 대한 이야기가 내 생각을 바꾸었는지도 모르겠다. 어쨌든 나는 선생님을 빤히 바라보는 걸 그만두고 다시 책을 읽는다. 한 번, 두 번, 세 번.

이건 마치 파도를 타는 것 같다. 이 이야기는 서서히 모습을 드러내는 운명에 대해서 말하고 있다. 그래, 카산드라의 대사에 등장하는 ‘그’가 바로 운명이다. 이 이야기를 읽으며 이따금 내가 같은 공간에 있으면서도 그 자리에 있는 다른 사람들과 함께 어울리지 못하고, 그저 사람들이 웃고 노는 모습을 바라볼 때 드는 감정들을 생각한다. 또한 블라드를 바라볼 때면 생기는 뱃속에서부터 올라오는 슬픔에 대해 생각한다.

어느새 카산드라를 이해할 것 같다는 생각이 든다. 행복이 가능한 것이라고 상상하고 즐기는 건 다 소용없다. 어쨌든 불행이 덮칠 테니까. 이건 내 삶에 관한 이야기다.

행복이 찾아온 거라고 거의 믿게 되는 순간들이 있다. 블라드가 말을 걸 때, 블라드의 단짝인 사이드가 장난을 칠 때, 테아와 샬리가 자기들끼리 쓰는 이상한 말을 내게도 하면서 나를 복도로 데리고 나갈 때. 그럴 때면 내가 다른 사람들처럼 행복하다는 느낌이 든다.

모든 것은 아름답다. 하지만 현실이 그렇지 않다는 건 오그라진 내 다리를 쳐다보는 것만으로도 충분히 알 수 있다. 불쌍한 아이야, 행복은 네 것이 아니야. 넌 운 나쁜 카드지. 다음 생에서 네 운을 시험해 봐. 행복은 인생이라는 큰 게임에서 승리한 자만이 누릴 수 있는 거야. 패배자인 너는 헛된 마음을 품은 소녀에 불과하지.

차라리 아무것도 느끼지 못하면 좋겠다. 다리에서 아무것도 느껴지지 않은 것처럼. 그런데 머리나 가슴은 그렇지 않다. 특히 블라드의 눈이 반짝반짝 빛나는 것을 볼 때마다 내 마음에는 창백하고 슬픈 빛이 일렁인다.

나도 모르게 눈으로 블라드를 좇았다. 그는 내 왼쪽으로 두 번째 책상에 앉아 있다. 유리창에서 쏟아지는 햇살이 후광처럼 둘러싸 블라드를 빛나게 한다. 그는 지랄 맞게 잘 생겼다. 그 녀석은….

블라드는 딴 곳을 보고 있다. 창 쪽으로 고개를 돌리고 앉아 몸을 심하게 움직였다. 그러니까 평소보다 좀 더 몸을 움직였다는 뜻이다. 어쨌든 블라드는 몸을 가만히 두지 못하니까. 옆자리의 사이드가 선생님 몰래 알록달록한 종이를 건네려 애쓰고 있는데, 정작 블라드는 사이드에게 눈길조차 주지 않는다.

"사이드, 처음이자 마지막 경고다."

선생님이 말했다.

나는 쓸쓸하게 웃었다. 결국 사이드에게도 따로 마련된 나쁜 운명의 몫이 있다.

내 인생의
메타포르

내 친구 블라드가 정신이 나갔다.

모르강이 루의 편도선을 깨끗하게 청소해 줄 기세로 키스를 한 바로 다음에 나는 블라드를 보았다. 암컷이 자기 소유라는 것을 보여 주기 위해 온갖 행동을 하는 우월한 수컷이 등장하는 동물 다큐멘터리 속에 들어와 있는 기분이었다.

불쌍한 블라드. 이런 일은 중학교에서 종종 벌어진다. 여자아이들을 거느리고 다니는 공작새. 블라드를 위로하고 싶지만 어떻게 해야 하는지 모르겠다. 마음이 아플 때면 나는 인생

이란 오롯이 혼자 서 있는 사각의 링 같은 거라고 중얼거리고는
한다.

이따금 용기를 주는 사람들, 큰 소리로 견뎌 내라고 하는
사람들이 있다. 그렇다고 해도 결국 인생이란 맨주먹으로 링에
올라 얼굴을 갈기려고 기세 좋게 덤비는 상대 앞에 두 다리로
버티고 서 있는 것이다. 그러니 가드를 올리고 눈을 부릅뜨고,
특히 절대 틈을 보여서는 안 된다.

이게 내가 내 친구 블라드에게 해 주고 싶은 말이다. 주먹
질에는 주먹질로 맞서라는 내 좌우명을 알려 주고 싶다. 중학교
는 여기저기에 깔린 격투기 도장과 다를 게 없다.

"흥분을 가라앉혀. 머리로 싸워야지 감정적으로 싸우면 안
된다!"

나의 트레이너인 장 코치님이 항상 하는 말이다.

나는 독하게 마음먹는다. 용의주도하게 전략을 구사하고
적으로부터 나를 지키려 있는 힘을 다한다. 팔은 갈비뼈에 딱
붙이고, 팔꿈치를 아래로 내린다. 간을 보호하면서 스트레이트
나 잽을 날릴 기회를 노리며, 상대의 기습과 위장 공격을 피하
기 위해서다.

그렇지만 갑작스러운 공격, 예를 들어 발이 밀리거나 옆구리 쪽으로 킥이 들어오면 나는 안전핀이 제거된 상태가 된다. 장 코치님이 해 준 충고 따위는 모두 잊어버린다. 오직 적을 한 방에 날려 버리겠다는 일념으로, 아주 묵사발을 만들어 버리겠다는 결연한 자세로 앞으로 돌진할 뿐이다.

무턱대고 돌진한 결과는 언제나 같다. 공이 울리기도 전에 내가 바닥에 널브러져 있고 심판은 바로 위에서 카운트를 하고 있다. 장 코치님은 링의 한쪽 귀퉁이에서 어쩔 수 없다는 표정으로 고개를 절레절레 흔들고 있다. 나도 잘 알고 있다. 흥분하면 진다는 것을.

학교에서도 비슷하다. 수많은 일을 겪으며 충분히 면역이 생겼을 법한데도 전혀 그렇지가 않다. 여전히 선생님은 고약하게 굴고, 부당한 일들이 일어나고, 인종차별적인 말을 하거나 "완전 까맣네."라고 말하며 멸시하는 시선을 보내는 여자아이도 있다. 이런 것들에 내가 흥분하면 보통은 링 위에서와 같은 결과가 발생한다. 정확히 말하자면 교감 선생님 앞에 다시 서야한다.

언젠가 이런 일들을 테아에게 설명하려고 애썼다. 테아는 열심히 들어 주는 것처럼 보였다. 내가 말을 끝마쳤을 때 테아는 웃지 않았고 가 버리지도 않았다. 테아는 그저 말했을 뿐이다. 정말 아름다운 이야기라고, 이런 말을 벌써 아느냐고. 변신? 허풍?

빌어먹을. 잊어버렸다. 바보다. 지금 문제를 풀 때 바로 그 말이 딱 떠올라야 하는데…. 운명과 짐승 사이에 메가플로르가 있다['운명과 짐승 사이에 메타포르(métaphore, 은유)가 있다'고 해야 하는데, 사이드는 단어가 생각나지 않아 메타모르포즈(métamorphose, 변신), 메타모르(matamore, 허풍), 메가플로르, 메팔고르, 메타포르스 등을 떠올리며 애를 먹고 있다. – 옮긴이].

나는 선생님을 힐끗 쳐다보았다. 선생님은 아이들이 모두 조용히 글을 쓰고 있는 동안 고개를 숙이고 책을 보고 있다가 소리가 날 때마다 고개를 들었다. 선생님의 커다란 두 귀는 항상 나를 향해 열려 있다. 그러니까 아무리 소리를 낮춘다고 해도 블라드에게 직접 물어보는 건 위험하다. 더구나 뭔가를 적은 종이를 선생님 몰래 블라드에게 전달하는 특수한 상황에서는 더 그렇다.

루에게서 전단지를 받은 뒤부터 블라드는 손가락 사이에

쥐어진 그 망할 놈의 종이 끄트머리를 돌리고, 또 돌리고 있었다. 시험지에 단 한 줄도 쓰지 않고 말이다. 블라드가 어떻게 라피노 선생님의 눈에 띄지 않고 있는지 모르겠다. 블라드는 확실히 기분이 좋아 보이지는 않는다. 하지만 선생님이 통합교육반 아이들에 한해서 관대한 경향이 있는 건 분명하다.

이건 공평하지 않다. 나는 계속해서 라피노 레이더에 잡히는데, 내 바로 옆에 앉은 녀석은 아무리 몸을 이쪽저쪽으로 움직여도 선생님의 레이더를 잘도 피한다. 그리고 메팔고르 문제는 여전히 해결되지 않고 있다. 어쩔 수 없으니 부딪혀 보기로 한다. 이면지에다 급하게 썼다.

"뭔가가 다른 뭔가와 비슷하다고 하는 걸 뭐라고 하지? 무엇
같이 무엇처럼 같은 거 쓰지 않고 비유하는 걸 뭐라고 하는
지 너는 알잖아."

나는 종이를 조심스럽게 블라드 쪽으로 밀어 놓았다. 블라드가 하늘에서 지금 막 떨어진 듯한 표정으로 내 쪽으로 고개를 돌렸다. 그러더니 무슨 얘기를 하냐는 의미로 얼굴을 찌푸려 보였다. 블라드의 반응에 나는 조급해 하지 않고, 다시 종이를 내밀었다.

"너는 알 것 같은데. 비교하기 위해서 하는 그것 있잖아. 메타포르스인가?"

그런데 블라드가 웃음을 터뜨렸다. 바보 같은 녀석.

"사이드!"

선생님은 어느새 반쯤 몸을 일으켰다.

"선생님, 제가 웃은 게 아니에요."

"절대로 네가 그런 게 아니겠지, 사이드. 지긋지긋하다. 어서 밖으로 나가라. 꼴도 보기 싫다."

뭐라고? 말도 안 된다. 난 아무것도 하지 않았다. 뭐, 아주 조금 무슨 짓을 하기는 했다. 하지만 선생님은 그 사실을 모른다. 선생님이 착각하고 나한테 뭐라고 하는 건 괜찮다. 하지만 별일도 아닌 일로 나를 내쫓는 것은? 이건 공평하지 않다. 물론 지난 몇 년 동안 내가 선생님들을 꽤 애먹인 건 맞다. 그렇다고 해도 내가 요즘 고분고분한 것을 알 텐데. 그렇지 않은가?

정말로 선생님은 모른다. 이건 미국 드라마에 나오는 것과 똑같다. 내가 한 짓이 아닌데도 조금이라도 의심되는 상황에서 벌어진 일은 모두 내가 뒤집어쓴다. 내가 뭘 하든, 무슨 말을 하든 나는 여전히 꼴도 보기 싫은 사이드, 처벌을 맡아 놓은 사이드, 학교 짱 사이드일 것이다. 나이키 밑창에 딱 달라붙은 껌처럼 나한테 달라붙어 있는 문제아 이미지가 정말 지긋지긋하다.

선생님이 반장을 불렀다.

"샤를, 네가 사이드를 교감실에 데려다주고 와라."

불행히도 작년이나 이전 해에도 교감 선생님에게 가는 것이 나를 어떻게 해 준 것은 전혀 없다.

나는 링에 오를 때처럼 똑바로 일어나 재빨리 걸어 나갈 것이다. 모두에게 나는 아무래도 괜찮다는 태도를 보이면서 교실 밖으로 나갈 것이다. 하지만 진짜 아무렇지 않은 것은 아니다.

일어서려고 하는데 몸이 말을 듣지 않는다. 다리가 움직이지 않는다. 암흑의 순간이 찾아온다. 싸움에서 내가 지고 있는 순간처럼 상대방을 물어뜯고 때리고 싶다. 금방이라도 쇠줄이 끊어져 버릴 것 기분이다. 그리고 또….

"사이드가 그런 게 아니에요, 선생님. 저한테 문제가 있어요."

당장에 선생님의 태도가 돌변했다. 나는 안중에도 없었다. 선생님은 부글부글 끓어오르면서 금방이라도 분노를 뿜어낼 것 같은 나를 그 자리에 내버려 둔 채 블라드에게 물었다.

"그래, 블라드. 무슨 문제지?"

정말 이상한 일이다. 사람들은 통합교육반 아이들이 하는 일은 뭐든 용서한다. 무례한 말을 해도, 좀 전에 마틸드가 했던 질문처럼 아무 의미 없는 질문을 해도, 소리를 질러대도 그냥 넘어간다. 선생님들은 대단히 평온한 마음으로 그들을 대한다. 아이들이 그런 일을 고맙게 여기는지는 모르겠지만 이따금 그들은 이런 상황을 이용할 줄 안다. 그렇다고 그들을 비난할 수는 없다. 이런 문제로 투덜댈 생각도 없다.

"메타포르 때문이에요, 선생님. 스펠링이 ph인지 f인지 몰라서요."

"M-é-t-a-p-h-o-r-e야."

선생님이 스펠링을 알려 줬다.

"미안하구나, 사이드. 자, 모두 공부하자."

선생님이 나에게 사과한 것은 처음 있는 일이다. 나는 블라드에게 감탄의 눈빛을 보냈다. 녀석은 굴러가는 자전거처럼 몸이 뒤틀려 있지만 그런 건 아무래도 좋다. 블라드는 뛰어난 언변으로 선생님들을 구워삶는 데 탁월한 재능이 있다.

숨을 고르고 다시 문제를 풀기까지 잠시 시간이 필요했다. 조금 진정이 된 후 5번 문제에 메타포르라고 답을 써넣었다.

인생에 대한 나의 메타포르는 아무래도 그렇게 적당한 것이 아닐 수 있다는 생각이 들었다. 인생이란 단체로 하는 스포츠일 수도 있다.

블라드와 나 사이에 있는 책상에 항상 놓여 있는 종이 끝에다가 나는 "고마워"라고 썼다.

영화 만들기 프로젝트의 시작

벽을 따라 길게 모니크를 놓아두었다. 모니크에는 수정액으로 해골 그림이 그려져 있다.

'이것 봐. 사실 모니크가 메타포르지. 내 삶의 은유.'

이런 생각을 하면서 혼자 한참을 웃어댔다. 그러고는 루가 모르강이 키스하게 하기 전에 나에게 주었던 종이를 읽었다.

그것은 전단지였다. 파리 다리에 잉크를 묻혀 쓴 것 같은 글씨체로 "이건 너를 위한 거야, 내 친구 블라드."라고 쓰여 있었다. 어디를 봐야 할지 모를 때를 대비해 루가 친절하게 그려

82

놓은 빨간 화살표가 이끄는 대로 따라갔더니 이런 문구가 보였다.

"작은 영화 대제전에 참여하세요! 휴대폰으로 영화를 만들어 보세요. 두 사람이 뉴욕에 갈 수 있는 기회를 잡으세요!"

나에게 이런 식으로 은근슬쩍 충동질하지 말아야 한다. 덕분에 나는 프랑스어 시간에 아무것도 못 하고 빈둥거렸다. 나에게는 꿈이 있다. 생각해 놓은 시나리오도 있다. 다이어리에 적어 놓은 시나리오를 떠올리며 루와 손을 맞잡고 자유의 여신상 위에 서 있는 내 모습을 그려 보았다.

루는 영화인이 되고 싶은 내 꿈을 알고 있다. 하지만 내가 진짜 영화를 만들 수 있으리라고 생각하는 루는 제정신이 아닌 게 틀림없다.

그날 저녁 나는 전화로 루에게 고맙다고 말했다. 그리고 우리는 차근차근 계획을 세우고, 아이디어를 주고받으며, 그중에서 가장 좋은 아이디어가 뭘까 궁리했다.

"진짜 공포 영화를 만드는 건 어떨까? 피가 줄줄 흐르고, 유령 가면을 쓴 범인의 예리한 칼날 아래 희생양인 여자들이 줄줄이 등장하는 그런 영화 말이야."

하지만 이미 나온 영화(1996년 상영작 〈스크림〉)라 선택 불가.

"공상 과학 영화를 만들어 볼 수도 있지 않을까? 생명을 얻게 된 미니 로봇, 토스터, 드라이어가 세상을 정복하려고 하는 거야. 어때?"

이건 예산 부족으로 선택 불가.

"그것도 아니면 이건 어때? 〈콜 오브 듀티 블랙 옵스 2〉 같은 폭력 영화를 만드는 거야. 너 알아?"

루가 게임을 모르기 때문에 선택 불가.

"학교에서 벌어진 의문의 죽음은 어때? 영화 초반 모르강에게 죽는 역할을 시키는 거야. 후속편에서 다시 등장하지 않는 역할이지."

루의 취향에 맞지 않아서 선택 불가. 나는 아주 좋은 아이디어라고 생각했는데….

우리가 만들 영화에 대해 거의 두 시간 동안 이야기하느라 내일 있을 시험을 까맣게 잊어버렸다.

"잘 자, 루."

"잘 자, 블라드. 난 씻으러 가야겠다. 내일 봐!"

루가 샤워하는 모습을 상상하면서 전화를 끊었다. 아이디어 하나가 떠오른다.

19금이라 선택 불가.

구내식당에서 우리는 마침내 어떤 영화를 만들 것인지 결정했다. 몇몇 친구들이 우리 계획에 합류했다. 사이드, 절대로 빠질 수 없는 모르강, 그리고 루와 고대 그리스어 수업을 들을 때 옆자리에 앉는 쌍둥이 자매인 테아와 샬리가 함께하기로 했다.

테아와 샬리에게는 둘만의 언어라고 할 수 있는 비밀 언어가 있다. 두 사람은 우리와 뚝 떨어져 이상한 단어로 이루어진 비밀 언어를 사용해 이야기를 주고받는다. 처음에 나는 이것이 그리스어인 줄 알았다.

샬리가 나에게 비밀 언어가 어떻게 만들어졌는지 얘기해 주었다. 두 사람은 세 살인가 네 살 때 엄마 아빠가 자신들의 말을 알아듣지 못하게 하려고 비밀 언어를 쓰기 시작했다고 한다. 그 뒤로 두 사람은 통사론, 문법, 단어, 동사 변화가 있는 비밀 언어를 공들여 만들었다. 따라서 이 비밀 언어를 어설프게 알려고 하는 건 아무 소용이 없다.

샬리와 테아는 자신들의 비밀 언어로 영화를 만들고 프랑스어 자막을 넣자고 제안했다. 사이드는 그들의 제안이 선택되는 데 한 몫 끼고 싶어 했다. 테아를 짝사랑하고 있는 사이드로서는 테아의 마음에 들 좋은 기회였을 것이다. 사이드는 하루빨리 특별 과외를 받아 비밀 언어를 배워서 최고로 좋은 배역을 따내겠다고 별렀다.

모르강과 루와 나는 반대했다. 3 대 3이었지만 내가 두 장의 표를 행사할 수 있었기 때문에 비밀 언어로 된 영화는 만들지 않기로 했다. 나는 제작자 겸 감독이니까 두 표를 행사하는 혜택을 받는 것은 당연하다.

고기와 디저트 사이에 피스타치오 파이와 숙성하지 않은 카망베르 치즈 조각이 나왔을 때 루가 이렇게 말했다.

"근데 로드 무비도 괜찮을 것 같지 않아?"

그렇게 해서 나의 구닥다리 휴대폰, 조르고 졸라서 엄마 아빠에게 되찾은 족히 100년은 되어 보이는 골동품으로 만들게 될 작은 영화는 로드 무비로 결정되었다. 고물 자동차를 타고 가면서 우정을 쌓는 이야기다.

주인공은 루와 사이드가 맡았다. 자동차가 앞으로 달려가는 것처럼 보이게 하려고 배경을 움직일 생각이다. 배경은 커다란 마분지 패널을 색칠해서 만들기로 했다.

플라샤르

교장은 계속 병가 중

"그 아이가 뭘 하고 싶어 한다고요?"

저도 모르게 목소리가 떨렸다. 그런 목소리를 낸 것이 신경 쓰여 최대한 침착한 태도를 보이려고 콧수염을 쓰다듬었다.

수염을 기르는 게 좋을지 어떨지 늘 고민이었는데, 거울에 비춰 보니 수염을 다듬은 지금 모습이 훨씬 더 나은 것 같다. 하지만 학생들은 수염을 보고 웃기 바쁘다. 교사들까지도 그렇다. 게다가 이렇게 신경을 쓰게 만드는 일이라니….

"영화요, 교감 선생님. 짧은 영화를 만들어 대회에 참가하는 거예요."

"이게 좋은 생각이라고 생각하지 않습니다만, 페로 선생님."

"그냥 이렌느라고 부르세요."

"그러지요. 이렌느 선생님이 아이들의 삶에 적극적으로 관여하는 건 참 좋은 일이에요. 하지만…."

"장애 아이들의 학교 생활을 돕는 도우미 선생님들은 반드시 아이들의 삶에 관여해야만 해요. 우리는 이 아이들과 하루 8시간을 함께 보냅니다. 그런데도 아이들은 학교에 적응하고 다른 친구들과 섞이는 데 많은 시간이 걸립니다. 그런 의미에서 블라디미르는 뜻깊은 사례입니다. 그 아이는 아주 빠른 속도로 뒤떨어진 학습을 따라잡고 있습니다. 그리고 친구도 많이 만들어서…."

바로 그 친구들 중에 절대로 사귀지 말라고 충고하고 싶은 사이드 메르하드가 있다는 사실을 떠올리며 한숨을 내쉬었다. 사이드가 올해 들어 말썽을 부리지 않은 점은 어느 정도 인정하지만 말이다.

"학업이 뒤처진다는 말씀을 하셔서 말인데, 나는 늦어진 시간을 벌충하기 위해서라도 학업에 더욱 집중해야 한다고 생각합니다. 이런 모든 것들을 교육과 뒤섞는 것이 좋은 생각 같지는 않습니다."

이렌느 선생의 말을 끊고 자신의 생각을 밝혔다. 그러자 뒤를 이어 조형 예술 과목 담당 교사인 에스텔 르두 선생이 입을 열었다.

"제 의견을 말씀드려도 될까요, 교감 선생님? 선생님과는 달리 우리는 이것이 대단히 훌륭한 아이디어라고 생각합니다. 교무실에서 이렌느 선생님이 이 아이디어에 대해 말했을 때, 우리는 모두 블라디미르와 이 프로젝트에 참여하는 다른 학생들을 도와줘야 한다는 데에 생각을 같이했습니다."

"매우 멋지고, 놀랍고, 반짝거리는 프로젝트예요."

라피오 선생이 한 번 더 강조했다.

저절로 눈이 감겼다. 이 모든 게 원래 업무에 덤으로 보태지는 일이다. 교장은 계속 병가 중이다. 그를 대신할 후임 교장이 올지 안 올지도 모르는 상황이다.

영화제에 참가하는 일은 몇 킬로미터나 되는 쓸데없는 서류를 만들어 낼 것이다. 영화 촬영 허가서, 결석 허가 요구서,

보고서, 또 보고서.

"교감 선생님?"

감았던 눈을 떴다.

"아시겠지만 이건 소규모 프로젝트가 될 겁니다. 우리는 선생님이 돌아가는 상황을 알고 계시기를 바랐습니다."

르두 선생이 말했다.

"요즘 학생들은 영상 언어에 특히 민감합니다. 유튜브 영상, 시리즈로 된 드라마 같은 것들을 무척 좋아하죠."

이번에는 라피오 선생이 말했다.

시리즈 드라마라는 말에 정신이 번쩍 들었다. 지금 몰두해서 보고 있는 드라마가 저절로 눈앞에 펼쳐졌다. 오토바이를 타고 다니는 패거리들이 무기를 암거래하는 이야기다. 드라마의 영향으로 오토바이를 한 대 살까 고민 중이다.

"선생님들이 바라는 게 정확히 뭔가요?"

"교감 선생님께서 블라디미르와 그 친구들을 격려해 주셨으면 합니다. 몇 마디만 해 주셔도 충분합니다. 우리가 지지하고 있다는 것을 알게 되면 큰 힘이 될 거예요. 그러면 아이들이 힘을 합쳐 열심히 할 것이고…."

끝날 것 같지 않은 라피오 선생의 말을 잔기침으로 끊고, 천천히 수염을 매만지며 말했다.

"좋아요. 가능한 일이에요. 아마도 그럴 겁니다. 혼자서 생각 좀 해 보겠습니다."

세 여자들은 잠깐 자기들끼리 이야기를 주고받더니 교감실을 나갔다. 짧은 고민 끝에 블라디미르 뒤샹을 불러서 영화 만들기 프로젝트가 아주 훌륭한 아이디어라고 칭찬해 주리라 마음먹었다. 결국 자신은 그 무엇도 책임을 지지 않아도 된다. 그렇지 않은가?

그리고 교감실에 혼자 남아서 혹시라도 이 단편 영화에서 작은 역할이라도 맡을 수 있지 않을까 하는 상상을 해 본다.

반짝이는 프로젝트

작은 영화 대제전

마틸드

흔들리는 마음

"이제 마틸드 네가 뛰어오는 거야. 어서!"

머리칼이 온 얼굴을 뒤덮고 땀을 줄줄 흘리면서 휠체어의 팔걸이에 매달린 채 나는 상드린 선생님을 노려보았다. 나는 이 여자를 미워한다.

"못하겠어요."

"조용히 해! 공기 방울은 말을 하지 않아. 기억하지? 자, 이 제 거품들이 달리는 거야. 모두가 형태가 없고 투명한 공기 방울이야. 공기 방울이 하늘로 달려가는 거야. 그러고는 아무것도 없음이 그 자리에 오는 거야, 아망딘!"

내 옆에 있는 여자아이 다섯과 남자아이 둘은 우스꽝스러운 자세를 취하고 있었다. 여자아이 하나는 팔을 내밀고 발끝으로 아슬아슬하게 균형을 잡고 있었고, 다른 여자아이는 다리를 천장 쪽으로 뻗어 올린 채 바닥에 뒹굴고 있었다. 휠체어에 가로로 걸터앉아 있는 내가 어떻게 보이는지 알고 싶지 않다.

그 자리에는 궁지에서 벗어나려고 몸부림치는 마시스도 있었다. 키가 크고 금발 머리인 마시스는 진짜 공기 방울을 연상시키는 자세가 어떤 것인지 알아내려고 애쓰고 있었다. 발레리노처럼 팔을 둥그렇게 만들고 가볍게 옆으로 몸을 기울여 금방이라도 다른 쪽으로 날아갈 것 같은 자세로 서 있었다. 숨을 쉴때마다 그의 몸이 조금씩 흔들렸다. 어깨가 바르르 떨렸다. 마치 비눗방울 하나가 아주 빠르게 움직이는 것 같았다. 뭔가 생각나게 만드는 자세다. 반면에 나는 누가 봐도 쇠똥을 떠올릴만한 모양새다.

엄마가 백 번째로 연습실에서 하는 연극 수업을 해 보라고 말했을 때 도대체 뭐가 씌어서 그러겠다고 대답했을까. 엄마는 "사람들이 그러는데 연출가가 뛰어난 사람이래."라고 했다.

때마침 마음이 약해진 순간이었다. 일시적으로 착란 증상이 일어난 건지도 모른다. 아무래도 지난달에 있었던 졸업 시험 모의고사(프랑스 중학교에서는 졸업 시험에 앞서 모의고사를 보는데, 본시험이나 모의시험 모두 전국적으로 동시에 치러진다. - 옮긴이)에 나온 글 때문인 것 같다. 연극의 한 장면 속 끔찍한 말들을 천천히 내뱉는 카산드라가 된 내 모습이 언뜻 보였다.

이 순간 나는 커다란 양말에 땀에 젖은 회색 티셔츠를 입고 창문도 없는 방 안에서 다른 일곱 명의 아이들과 함께 있었다. 아이들은 상드린 선생님의 형편없는 망상을 따라 하느라고 허우적댔다. 키가 큰 갈색 머리 여자의 환한 미소는 어떤 명령이든 듣게 만드는 마력이 있는 듯하다.

"이제 공기 방울들이 날아간다. 샤를, 손을 휘저어라, 그러는 게 훨씬 쉬워. 그렇게 해선 새의 날개 짓이 연상되지 않아. 헛손질하고 있다는 느낌만 나지. 좋아, 알리스. 그렇지, 그렇게 하면 돼. 아주 가볍게, 네가 날아오르는 거야. 마시스, 계속해. 굳은 채로 멈춰 있지 않도록 조심해라. 어서, 마틸드. 거의 다 되어 간다. 넌 날아오를 거야."

여기 온 지 3주나 되었는데 그동안 나는 이 연극 수업을 전혀 이해하지 못하고 있었다. 시작부터 너무 힘들었다. 선생님이 맨 처음 나에게 요구한 것은 입구에 휠체어를 두고 오라는 것이었다. "그게 안 되니, 응?" 하며 신경을 긁는 건 덤이었다. 그러나 나는 앉은뱅이처럼 다리를 질질 끌며 연습실 바닥에서 두 시간을 보낼 생각이 없었다.

"재미있는 그림이네. 그걸 만화에서 봤니?"

휠체어 팔걸이에 매달린 나를 보고, 선생님이 물었다.

선생님은 내 대답을 기다리지 않고 나머지 아이들을 향해 돌아섰다. 알리스, 아망딘, 야엘, 올리비아, 나시마가 여자아이들이고, 남자아이들 쪽엔 커다란 안경을 낀 샤를과 마시스가 있다. 마시스는 내가 알고 있는 남자들 중에서 감자 자루 같지 않게, 불량배 같지 않게 트레이닝복을 입을 줄 아는 유일한 남자아이다.

첫 연극 수업 시간에는 모두 나처럼 앉아서 두 시간을 보냈다. 가장 먼저 한 일은 온몸을 돌아다니는 에너지 덩어리를 상상하는 것이었다.

"에너지 덩어리가 발끝까지 잘 내려가게 해 봐, 마틸드. 네가 그걸 느껴야 해!"

그다음에는 상상의 동물을 흉내 내는 것이었다. 상체는 말이고 하체는 악어였는데, 나로서는 그다지 어려운 것이 아니었다. 그리고 앞뒤가 맞지 않는 낱말들을 외쳤다. 다 같이, 화가 난 말투로.

라하—라—바라라바!

나는 하마터면 첫 수업에 그만두겠다고 할 뻔했다. 하지만 엄마에게 적어도 세 번은 해 보겠노라고 약속한 것도 있고, 또 하나는 마시스의 미소 때문에 그만두지 못했다. 그러나….

이 아가씨야, 꿈 깨시지. 너한테는 그가 맘에 들어 할 구석이 하나도 없어. 슬쩍 봐도 몸의 절반이 부족하다는 걸 금방 알 수 있잖아.

아망딘이나 야엘은 거리낌 없이 어두운색 타이츠를 입었다. 나는 그 아이들의 기다란 다리를 보면서 절망했다. 차라리 두 사람이 남자아이였다면, 남자아이 중에서도 얼빠진 남자아이였더라면 좋았을 텐데. 내가 이런 생각을 하게 된 건 샤를이 모든 연습을 철저하게 실패했기 때문이다.

결국 약속 때문에, 그리고 다리가 있건 없건 내가 있다는 걸 보여 주려는 마음으로 연극 수업에 세 번이나 참석했다. 하지만 솔직히 이제 끝이라고 생각한다.

나는 여전히 한쪽으로 조금 몸을 구부리고 두 팔은 허공을 향해 뻗고 있었다. 이건 이렇게 해야 날지, 그렇지 않아? 하늘을 향해 올려 봐. 나는 될 수 있는 한 몸을 가볍게 하려고 애를 썼다. 깃털처럼, 공기 방울처럼, 그리고….

휠체어가 넘어진다.

애니메이션 영화에 나오는 한 장면 같다. 아주 짧은 순간 나는 허공에 매달려 있다. 내가 더는 중심을 잡지 못할 것을 잘 알고 있었지만 중력이 이기게 내버려 둬야 할지는 아직 결심이 서지 않는다. 내가 납작 엎드리게 될 카펫 위는 보지 않고 눈부시게 하는 창문 하나 없이 꽉 막힌 천장을 바라본다. 마치 하늘 위로 올라가고 싶은 것처럼.

그리고 나는 이상한 소리를 조그맣게 내면서 넘어졌다.

아프다. 뺨과 어깨가 조금 아프다. 하지만 자존심은 아주 심하게 다쳤다. 눈물이 뺨을 타고 흘러내렸다. 눈물 때문에 스모키 화장을 한 내 눈이 엉망진창일 게 분명했다. 어쨌든 땀 때문에 화장이 홀랑 지워진 것은 아닐 거다.

"그거였어, 마틸드. 완벽해! 너희들 모두 봤니?"

선생님이 내 곁에 오더니 나를 일으켜 주었다. 그리고 눈물은 아무 일도 아니라는 듯이 소매로 내 뺨을 닦아 주었다. 다른 아이들도 확신에 찬 듯 고개를 끄덕이며 서 있었다.

마시스가 웃었다. 아, 이 미소는 나쁘지 않다. 그러더니 마시스가 박수를 치기 시작했다. 다른 아이들도 따라서 박수를 쳤다. 아이들의 반응에 내 마음이 흔들렸다. 내 마음은 눈물, 터무니없음, 승리감, 그들에게 웃어 주고 싶은 복잡한 감정들로 뒤섞여 있었다.

"자, 계속하자."

상드린 선생님이 말했다.

"소리를 내 봐, 다 같이. 오-로-볼로-라아아-쿠냐!"

블라드

크랭크인

    담임 선생님이 내가 작은 영화 대제전에 참여한다는 것을 알게 되었다. 이렌느 선생님이 이 사실을 알렸다. 두 사람은 영화 만들기 프로젝트가 반짝이고, 훌륭하고, 놀라운 아이디어라고 생각하는 게 분명했다. 다른 여러 형용사도 많았지만 그걸 다 기억하는 게 불가능할 정도로 열띤 반응이었다.

    게다가 교감 선생님은 "이 프로젝트를 통해 아주 많은 교육적인 경험을 하게 될 것 같구나, 열심히 해라."라고 말해 주었다. 엄마는 고물 자동차 시트에 새로 산 비싼 담요를 씌워 놓았다. 한술 더 떠 아빠는 최신형 휴대폰까지 빌려주었다. 이 전화기로 말할 것 같으면 바로 지난주에 산 최신 스마트폰이다. 아빠의 휴대폰을 본 엄마는 어차피 다음 주말이 되면 유행에 뒤처진 물건이 될 거라고 말했다. 엄마는 은근히 아빠 흉을 보고는 한다.

그런데 영화를 제작하는 것이 개인 프로젝트에서 공동 프로젝트가 되었다. 갑자기 그렇게 되었다는 얘기를 들었다. 물론 책임자는 나다. 루는 미술감독이다. 엄마가 엔딩 크레딧에 자기 이름을 미술 스태프로 넣어 달라고 주장할 수도 있지만 그건 안 된다. 그건 지나치다.

우리는 배경을 만드는 데 많은 시간을 들였다. 애리조나를 영화의 배경으로 정했다. 그래서 지하실에서 찾아낸 색칠이 된 종이 두루마리의 뒷면에다 넓게 펼쳐진 모래사장, 서너 개의 선인장, 구름 한 점 없는 새파란 하늘을 그렸다.

사이드는 '링컨'이라는 남자 주인공 역할을 맡았다. 링컨은 트렁크에 아버지의 뼛가루를 싣고 이리저리 돌아다니다 '달라'라는 소녀를 차에 태우는 역할이다. 달라 역은 루가 맡았다. 미술 감독이자 여자 주인공이다.

대사는 한 마디도 없다. 새로운 도전이라고 할 수 있다. 나는 3분 안에 우정이나 사랑이 천천히 생겨나는 것을 관객에게 보여 줘야 한다.

촬영이 시작되었다.

여기에는 특별한 측면, 다시 말해 기술적인 측면으로 문제가 있다. 나는 촬영하는 내내 서 있을 수 없다. 그건 불가능한 일이다. 어쨌든 나의 몸은 완전히 뒤틀려 있다. 혼자서 서 있을 수 없다. 몸이 완전히 뒤틀려 있는 나에게는 모니크가 필요하다. 한 손에 모니크를 잡고 다른 손으로 핸드폰을 들고 나면 대본은 어쩌지? 입에 물고 있어야 하게 생겼다. 하지만 그러면 말을 할 수 없다. "액션, 컷, 역할에 맞게 해야지, 사이드, 루, 완벽해, 그대로 가" 따위의 말을 할 수 없다. 다른 어떤 말도 할 수 없다. 그래서는 팀을 이끌 수 없다.

그래서 나는 커다란 의자에 앉아 메가폰을 든 할리우드 거장의 후예가 되기로 했다. 움직이지 않고 의자에 앉아서 명령을 내린다. 이건 이것대로 대단해 보이지 않는가.

오늘 우리는 두 주연 배우의 만남을 촬영했다.

루가 히치하이크를 하고 사이드는 자동차를 세우고 루에게
타라고 한다. 아크릴 물감으로 그린 붉은 석양을 배경으로 루는
창문에 머리를 기댄 채 꾸벅꾸벅 존다.

선인장과 풀로 붙인 고사리가 근사한 배경이 되어 주었다.
재생지로 만든 느낌이 전혀 들지 않았다.

사이드

영화배우의 고충이란

"감정을 살려서, 사이드! 자, 네 차례야."

감정을 살려서라니? 농담하는 거야, 블라드? 어쨌든 나는
감독의 지시에 따르려고 노력했다. 나중에 추가될 라디오 소리
를 배경 삼아 멈춰 서 있는 자동차를 운전하는 척했다. 그리고
달라 역의 루가 내 옆에서 잠을 자도록 내버려 두었다. 촬영 현
장, 그것도 카메라가 돌아가고 있는 상황에서 담담한 척하는 것
부터 이미 쉽지 않았다. 핸들을 움직여야 하는지 그냥 놔둬야
하는지 어색하기만 했다.

그런데 이 와중에 감정을 살려야 한다니. 그건….

"이렇게?"

나는 눈살을 찌푸리고 고개를 옆으로 기울였다. '방금 차에 태운 여자애가 꽤 예쁜데. 어딘지 비밀스러운 데도 있고. 뭐라고 말이라도 붙여 볼까?' 이런 생각을 하며 센 척하는 남자의 표정을 지어 보려고 애썼다.

감독의 마음에 들었나 보다. 특별히 아무 말도 하지 않는 걸 보니. 블라드가 소리쳤다.

"액션!"

촬영이 시작되었다.

그러나 실은 아무 일도 일어나지 않았다.

그대로 몇 초가 흘렀다. 블라드가 그러는데 한 장면은 길어야 10초 정도라고 한다. 그런데 나는 이 시간이 월요일 아침 8시부터 10시까지 하는 프랑스어 수업보다 더 긴 것 같다.

"컷!"

긴장이 풀어졌다. 내 옆자리에 있던 루가 눈을 뜨고 머리를 좌우로 흔들었다. 창유리에 이마를 대고 있느라 목이 비틀려 아픈 모양이다.

"잘 나왔어?"

루가 물었다.

"완벽해. 그 장면 다시 찍을 거야."

또다. 할리우드 배우들도 나처럼 "그 장면 다시 찍을 거야."
라는 말을 들으면 누군가를 한 방 갈겨주고 싶은 마음이 드는지
궁금하다. 도대체 몇 번째야, 스무 번, 서른 번? 블라드가 뭘
원하는지 도무지 알 수가 없다. 매번 완벽하다고 말하는데 변
하는 게 없다. 블러드 말에 따르면 '단지 확실하기' 위해서 다시
촬영을 한다. 그러다 마지막 순간에 이게 무슨 의미인지 이해해
보라는 지시를 덧붙인다.

블라드가 내 곁을 지나갈 때 다시 말을 걸었다.

"이번에 감정은 좋았어?"

"아주 좋아. 눈살은 찌푸리지 마. 고개도 기울이지 말고. 그
러면 완벽할 거야. 루, 너는 좀 더 긴장을 풀고 연기해 봐."

루가 입술을 깨물었다. 내 생각에 루는 여차하면 더 풀 긴
장이 있긴 하냐고 따질 기세다. 곧 잠들어 버리거나 아니면 지
루해서 죽거나 둘 중 하나가 되겠지.

촬영이 영원히 계속될 것만 같다. 오늘 아침에 촬영을 시작

했는데, 지금은 배가 고파 죽을 지경이다.

"블라드, 혹시 쉬지 않고 계속할 생각이야? 아무래도 다시 시작하기 전에 뭐라도 먹어야 할 것 같은데….."

블라드가 굳은 얼굴로 고개를 저었다.

"마지막으로 한 번만 더 하고 끝내자. 약속해."

다행히 세트장 귀퉁이, 자동차를 세워 둔 공터 구석에 우리 애송이 감독의 열정을 진정시킬 사람들이 있다. 특히 블라드의 엄마가 그런 일에 적합한 사람이다.

"사이드 말이 맞아, 블라드. 와서 뭐라도 먹으렴. 계속하려면 힘이 있어야지."

짧은 휴식 시간이다. 아주 대단한 휴식 시간이다.

우리의 친애하는 감독님은 쉬는 시간에도 계속 시나리오만 들여다봤다. 시나리오에 대해 설명하자면, 특별한 블라드식 글씨로 뒤덮인 여러 장의 종이다. 거꾸로 봐도 바르게 봐도 도무지 읽을 수가 없다. 그것을 해독할 수 있는 사람은 블라드뿐일 거다. 나는 한 10페이지는 되어 보이는 시나리오를 의심의 눈초리로 쳐다보았다. 3분짜리 영화 시나리오치고는 너무 많은 거 아닌가?

루와 나는 함께 간식이 있는 곳으로 갔다. 샌드위치가 아주 많이 준비되어 있었다. 그곳에서 쌍둥이 자매들과 마틸드가 한창 수다를 떨고 있는 모습이 보였다. 그런데 마틸드가 웃고 있었다. 웃는 모습은 처음 봤다. 웃으니 보기 좋다.

"메르플라-테라-로귀, 이건 무슨 뜻이야?"

마틸드가 물었다.

테아와 샬리는 자기들만의 언어로 말한다. 둘이서 만들어 낸 말이다. 처음에 나는 관심을 끌려고 하는, 뭐 그런 우스운 짓거리라고 생각했다. 그런데 아니다. 진지해 보인다. 지금은 그들의 말을 들으며 이해하려고 애를 쓴다. 나는 테아에게 속삭여 주고 싶은 말이 있다. 이건 아주 쉬운 말일 것이다.

"그 말은 '너무 길어질 위험이 있어'라는 뜻이야."

샬리가 설명했다.

"너무 길어, 이런 말이지. 하지만 우리에게는 시간이 있어, 그렇지 않아?"

"정말이야. 모푸토 이프랄릭?"

샬리가 이렇게 말했다.

"어떻게 하는 게 우리한테 이로울까?"

테아가 바로 통역해 주었다.

둘 중에서 테아가 더 수줍음을 탄다. 샬리는 다른 사람들이 자기 말을 이해하든 말든 상관하지 않는 성격이고, 테아는 주로 쌍둥이 자매인 샬리의 말을 통역한다. 그리고 테아는 확실히 나 같은 놈이 반 친구 이상으로 생각하기에는 너무 다정하고 너무 사랑스러운 데다가 너무 똑똑하다. 완전히 미쳤고 완전히 뒤틀린 감독의 지시를 받으며 짧은 영화를 만드는 무리에 함께 속해 있는 친구 이상으로는 말이다.

바보 같은 생각이지만 블라드의 영화에 출연하겠다고 했을 때 나는 테아가 나를 다시 보게 될 거라고 생각했다. 어쨌든 배우들은 여자애들에게 인기가 있으니까. 테아가 다른 여자애들 같지 않다는 점이 문제지만 말이다. 테아는….

"오, 사이드. 너 무슨 생각을 그렇게 해?"

루가 다정하게 내 어깨를 흔들었다.

"뭐라고?"

"5분 동안 나 혼자 말하고 있는데, 넌 대꾸도 없잖아."

"아, 미안해."

루가 살짝 웃으며 테아와 샬리 쪽을 바라보았다.

"지금 뭔가 골똘히 생각할 게 있나 보네. 그래 보여."

"그런 거 아니야. 나한테 무슨 말을 했는데?"

"별거 아니야. 이 장면을 연기하는 게 질리지 않느냐고 물었을 뿐이야."

나는 그렇다고, 정말 지긋지긋하다고 대답하려고 했다. 차라리 집에 가서 다큐멘터리나 보는 게 낫겠다고 말할 참이었다. 다큐멘터리를 보는 게 전혀 멋져 보이지 않는다는 걸 알지만 나는 아주 어릴 때부터 다큐멘터리를 즐겨 보았다. 어쨌든 '나도'라고 입을 떼려다 잠깐 생각을 해 보았다.

사실 블라드가 없었다면 영화가 없었다면, 나는 이 자리에 이 아이들과 함께 있지 않았을 것이다. 쌍둥이 자매들의 웃음소리를 듣고 있지도 않았을 것이고, 그들 사이에 끼어서 루, 마틸드와 농담을 하고 있지도 않았을 것이다. 또 뭐가 뭔지 도무지 종잡을 수 없는 블라드의 설명을 듣고 있지도 않았을 것이다. 종이를 바닥에 패대기치면서 "이건 잘못됐어, 멈춰, 제대로 되지 않을 거야."라고 소리치는 블라드의 말을 듣고 있지도 않았을 것이다. 그리고 3분 후에는 빌어먹을 블라드의 미소를 또 보게 될 것이다.

"알고 싶어, 루? 좋아 미치겠어."

루가 웃었다.

"나도 그래. 정말 좋아. 이건 엉터리야. 하지만 나는 좋아."

"넌 블라드가 영화에 대해 하는 말을 이해했어?"

"당연히 이해가 안 되지."

"나도 그래. 가끔은 블라드 역시 자기가 하는 말을 이해하지 못하는 건 아닐까 생각해."

내 말에 루는 대답을 하지 않고, 뭔지 모를 미소를 띠고 구석에 있는 블라드를 쳐다보았다.

나만 이 순간에 몰입하지 못하는 것 같다. 나는 루가 무슨 생각을 하는지 알 것 같다. 루는 블라드의 미소, 블라드의 엉뚱한 생각, 블라드의 지팡이, 블라드의 어디로 튈지 알 수 없는 성격이 멋지다고 생각한다. 블라드는 매력이 있다. 하지만 블라드는 몸이 지독하게 뒤틀려 있는 장애인이기도 하다. 많은 사람들에게 이것은 문제가 된다. 게다가 루에게는 모르강이 있다.

블라드가 우리 쪽으로 다가왔다. 한 손에는 형광 초록색의 지팡이가, 다른 손에는 빨간 줄이 쭉쭉 그어진 종이 나부랭이가 들려 있었다.

"루, 생각해 봤는데 네가 잠을 많이 자면 안 될 것 같아. 그리고 사이드 너는 더 냉정한 표정을 지어야 해. 아무런 감정이 없고, 어떤 생각도 하지 않는 그런 사람처럼 말이야. 알겠어? 제임스 본드처럼 연기해. 그럼 모두 준비됐지? 모두 제자리로 돌아왔어?"

그렇게 우리는 세 번째 장면을 서른 번째 다시 촬영한다.

장애인의 슈퍼파워

오늘 저녁 루가 우리 집에 온다. 다른 아이들은 오지 않는다. 우리는 요 며칠 찍은 장면들을 볼 예정이다.

집을 나서는 엄마에게 광고도 예고편도 많이 하는 2시간 45분짜리 영화를 보고 오라고 했다. 덕분에 단둘이 자정까지 오붓하게 있을 수 있게 되었다.

세 가지 치즈가 잔뜩 들어간 피자를 주문했다. 루가 피자를 한 입 베어 물자 치즈가 턱으로 흘러내렸다. 루의 그런 모습이 매력적이라고 생각하는 나는 치즈가 흘러내렸다고 말해 주

114

지 않았다. 이 순간 혹시라도 우리가 키스를 하게 된다면 딱 좋은 타이밍일 텐데.

나는 고르곤졸라 치즈를 아주 좋아한다.

"블라드, 네가 상을 받을까?"

"뉴욕에 가는 거 말이야?"

"응, 뉴욕 가는 거. 그게 네 꿈이잖아, 안 그래?"

"그래, 그것도 꿈이기는 하지. 하지만 그것 말고도….'

나는 루에게 하고 싶은 말이 있었다. 또 다른 꿈은 너와 함께 여행하는 것이라고. 또 그녀에게 우리의 우정에 관해 설명하고 싶었다. 우리는 단짝이며, 우정은 정말 좋은 것이라고. 서로의 등을 두드려주고, 베개 싸움을 하고, 아이스크림으로 얼굴에 수염을 그리고, 소리를 지르며 복도에서 달리기 시합을 하는 것이 단짝의 우정이라고. 실제로는 루가 달리고 나는 모니크를 들고 루의 뒤를 죽을 고생을 하며 따라가는 장면이 연출되겠지만, 나름대로 격렬한 추격신이 될 것이다.

그러니까 우리가 뭘 하든 즐거운 사이라는 건 확실하지만 이런 우정에는 한계가 있다고 말하고 싶었다. 나는 루가 나에게 달려들어 키스를 하도록 모든 걸 다 말할 참이었다.

그런데 그때 루가 문자 메시지를 받았다. 사나이다운 모르강이 보낸 메시지였다. 그리고 나는 루가 더 이상 나와 함께 있지 않다는 것을 똑똑히 알았다. 루는 얼굴을 붉히면서 모르강에게 문자 메시지를 보냈다. 나는 다시 피자를 먹기 시작했다.

칼조네(밀가루 반죽에 고기, 채소, 치즈 등을 올려 반달 모양으로 접어 오븐에 구운 이탈리아 요리 – 옮긴이)는 결단코 아무도 실망하지 않을 맛이었다.

그 후로 루는 모르강과 계속해서 전화 통화를 했다. 테라스에 있는 루가 흥분해서 눈살을 찌푸리는 게 보였다. 두 사람은 다투고 있는 게 분명했다. 통화를 끝낸 루가 휴대폰을 청바지 주머니에 넣고 거실로 돌아왔다.

"난 이제 가야겠어. 모르강이야. 걔가 소리를 질러 대면서 나를 아주 못된 애라고 몰아붙이고 있어."

"왜 소리를 질러?"

"질투하는 거야."

"모르강은 나를 조금도 걱정하지 않는 걸로 알고 있는데, 아니었어? 장애인 따위는 전혀 겁내지 않는 줄 알았는데."

잠시 조용히 있던 루가 대답했다.

"장애인과 장애인의 슈퍼파워를 겁내는 거겠지."

나는 아무 말도 하지 않고 루를 문까지 배웅했다. 루가 내 허리를 잡아 주었는데, 그럴 때마다 나는 누가 누구를 잡고 있는 건지 헷갈렸다. 작별 인사로 내게 볼 키스를 한 루가 엘리베이터를 기다리며 서 있었다.

나는 휴대폰을 꺼내 문자 메시지를 확인하는 척하면서 루의 모습을 몰래 찍었다. 모자를 벗은 데다 눈물방울이 그렁그렁 맺힌 루의 모습은 정말 예뻤다.

"비밀 여자 친구에게 보낸 거야?"

루가 말했다.

"거의 그렇다고 할 수 있지."

엘리베이터가 왔다.

루가 떠났다.

문자도 발송됐다.

"이러면 나한테 슈퍼파워가 있는 거지?"

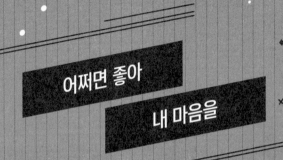

어쩌면 좋아
내 마음을

딜랑

어쨌든 영화 스태프

크리스마스는 참 좋다.

나는 아주 어렸을 때부터 크리스마스를 좋아했다. 더 이상 산타클로스를 믿으면 안 된다고 사람들이 말하지만, 여전히 나는 크리스마스가 좋다.

나한테는 스웨터와 놀이 테이블이 있다. 그리고 내가 정말 좋아하는 만화책도 있다. 엄마 아빠와 함께 이모네 집에 가서 식사를 하고, 사촌들과도 재미있게 놀았다. 사촌들은 영화를 함께 봐도 뭐라 하지 않았고, 닌텐도 게임에도 끼워 주었다.

나는 화내지 않기로 약속했다. 그래서 아직 더 놀고 싶은데도 엄마가 가야 한다고 말했을 때 화를 내지 않았다. 엄마는 내가 중학교 1학년인 지금이 나랑 놀아주기가 훨씬 쉽다고 했다.

크리스마스가 지난 다음 날부터 나는 학교에 가고 싶었다. 학교랑 수업이 좋기 때문이다. 하지만 방학이라서 기다려야 했다. 방학이지만 지팡이를 가지고 다니는 내 친구 블라드에게는 전화를 해도 된다. 블라드는 학기 초부터 나한테 친절하게 대해주었으니까.

블라드에게 친구들이랑 영화를 찍는다는 소리를 들었다. 내가 끼여도 되느냐고 물어봤는데 미리 정한 게 아니라서 힘들다고 했다. 섭섭했던 나는 그래도 끼고 싶다고 졸랐다.

블라드가 웃으면서 네가 그걸 들고 있을 거면 오라고 했다. '네가 그걸 들고 있을 거면'이라는 말이 무슨 뜻인지 몰랐다. 하지만 상관없었다. 나는 엄마에게 영화에 대해 말했고, 엄마가 나를 그곳에 데려다주었다.

그리고 공터에서 나는 '네가 그걸 들고 있을 거면'이 무슨 말인지 알게 되었다. 아이들이 나에게 커다란 막대기를 주었기 때문이다. 그들은 이 막대기를 장대라고 불렀다. 그 장대는 사실 블라드의 지팡이 두 개를 스카치테이프로 이어붙인 것이었다. 나는 장대를 배우들의 머리 위로 들고 있어야 했다. 장대가 조금이라도 밑으로 내려오면 절대 안 된다. 잘못하면 카메라에 장대가 보이게 된다.

처음에 나는 제대로 들고 있지 못했다. 아이들은 이게 없으면 소리가 잘 들리지 않는다고 말해 주었다. 아이들한테는 정말로 내가 필요했다. 그래서 나는 있는 힘을 다해서 장대를 들었다. 무지하게 힘들었지만 기분은 좋았다. 간식을 먹은 다음 나는 엄마랑 집으로 돌아왔다. 엄마는 내 친구들이 훌륭하다고 말했다. 훌륭하다는 건 친절하다는 말과 같은 뜻이다.

아이들은 내가 장대를 들었던 영화를 보러 오라고 했다. 그리고 만약 영화가 대회에서 상을 받으면 파티를 할 건데 파티에도 오라고 했다. 무슨 대회인지는 모르겠지만 나는 행복했다. 그런 일이 있은 다음부터 개학을 손꼽아 기다리고 있다.

교장은 여전히 병가 중

한 번도 과거로 돌아가고 싶다고 생각한 적이 없다.

아주 어릴 때부터 그랬다. 학교에 처음 입학했을 때부터, 어머니가 낯선 아이들 틈에 서 있는 자신을 넓디넓은 운동장에 남겨 두고 떠났던 1학년 때부터 학교가 싫었다.

이따금 밤에 입학 날 꿈을 꾸다가 땀에 흠뻑 젖어 깨곤 한다. 또 어떨 때는 교감실로 매일 출근하는 꿈을 꾼다. 뭔가 잘못되고 있다는 것을 알고 있지만 콕 집어 그게 뭔지는 말하기 어렵다.

게다가 꿈에서 운동장으로 나가면 모두 자신을 보며 웃음을 터뜨린다. 당황해서 자신의 모습을 살펴보면 잠옷에 슬리퍼를 신고 있다. 실제로 그런 일이 일어난다면 인생에서 가장 창피한 일이 되겠지.

방학 내내 잠옷과 슬리퍼 차림으로 지냈다. 크리스마스에는 브르타뉴에 있는 누나 집에서 파티를 했고, 새해 첫날에는 친구 집에 초대를 받아 갔으니까 크리스마스와 새해 첫날을 빼고는 방학 동안 거의 집 밖을 나가지 않았다.

원래는 방학 기간에 교장 승진 시험을 준비하려 했었다. 교장 할 일을 다 할 바에는 월급이라도 교장 월급을 받아야 덜 억울할 것 같았기 때문이다. 미뤄 놓은 승진을 위해서 앞으로는 일도 좀 줄일 생각이었다.

문제는 이게 생각대로 되지 않았다는 것이다. 저녁이 되면 귀신에 홀린 듯 소파에 앉았다. 현재 방송 중인 드라마의 마지막 2회를 보기 위해서였다.

드라마 보기에 돌입했다.

드라마의 한 시즌이 끝났다.

곧바로 다음 시즌을 보기 시작했다.

그러고는 다시 다른 시즌으로 넘어갔다.

먹을 걸 사러 갈 때와 샤워할 때를 빼고는 소파에서 꼼짝도 하지 않았다. 샤워와 장보기도 그렇게 자주 있는 일은 아니었다. 어느 순간부터 수고스럽게 잠을 자러 침대로 가는 일도 하지 않았다.

방학 내내 한 일이라고는 온 힘을 써 가며 마라톤을 하듯이 최근 몇 년 동안 가장 인기 있었던 드라마들을 몰아 보는 것이었다. 승진 시험 준비는커녕 드라마 하나를 다 보고 나면 이제 뭘 봐야 할까 고민하기 바빴다.

물론 드라마 보는 것을 멈출 수도 있었을 것이다. 하다못해 산책을 하러 가거나 친구들과 외출을 해도 좋았을 것이다. 그럼에도 여전히 드라마를 보고 싶었다. 딱 한 시리즈만, 아니 두 시리즈만 더 보고 싶었다.

현시점에서 가장 큰 문제는 드라마 〈패션 하이스쿨〉에 빠졌다는 것이다. 처음에는 이 드라마를 고등학생들 사이의 사랑 이야기라고 우습게 생각했다. 그런데 교사들 사이에서 벌어지는 일도 있고, 많은 사람들의 반대를 무릅쓰고 학교에 새로운 규칙을 만들려고 애쓰는 교장도 등장한다. 무슨 시상식을 이용해 사리사욕을 채우려는 시장이 나오는 것은 말할 것도 없다.

한마디로 말해 방학 내내 청소년 드라마를 보면서 시간을 보냈다. 그리고 오늘, 개학 날이 되었지만 학교에 가고 싶은 마음이 한 톨도 생기지 않는다.

오전 7시, 학교 관리인만 학교에 나와 있었다. 지나는 길에 관리인에게 인사를 하고 교감실로 올라갔다. 커피메이커를 작동시켜 놓고 의자에 앉았다. 책상에는 항상 서류가 쌓여 있다. 방학 동안 서류 더미가 탑을 쌓은 것 같다. 어쩔 수 없는 일이다. 교장은 오늘 학교에 올까, 안 올까?

지금 당장 책상에 쌓여 있는 일거리를 해결하려고 애쓸 필요는 없다. 그 대신에 태블릿을 켜고 〈패션 하이스쿨〉 시즌 4의 9회를 본다.

블라드

블라드스럽다는 것은

오늘은 관절이 심하게 아프다. 하루 종일 그냥 누워 있고 싶다.

어릴 때는 "몸이 아파요. 엄마랑 같이 있으면 안 돼요?"라고 떼쓰기만 해도 엄마가 하루 휴가를 내서 나를 보살펴 주었다. 그날 나는 뭐든 할 수 있었고 뭐든 가질 수 있었다. 하트 모양으로 자른 빵, 신선한 수박 주스, 방에서 줄곧 음악 듣기.

그러나 졸업 시험 모의고사 때문에 임파선염을 핑계로 하루 종일 누워 있기는 어려울 것이다.

나는 협상을 시도했다.

"엄마, 오늘 아침엔 정말 많이 아파요."

"약은 먹었니?"

"네, 먹었어요. 몸을 좀 더 따뜻하게 해야겠어요."

"영화 촬영한 것을 편집하려고 그러는 거니? 자, 그만해라. 옷 갈아입고 얼른 학교에 가."

"학교에 가라고요?"

"그래, 블라디미르. 내가 무슨 말을 하려는지 너도 알 거야. 통하지 않을 핑계는 단 한 마디도 하지 마라. 될 수 있는 한 빨리 학교에 가."

"천천히 빨리 갈게요."

엄마가 나를 쳐다보더니 눈까지 내려온 내 앞머리를 정리해 주었다.

"그런 눈빛 하지 마라, 블라드. 넌 그런 눈으로 상황을 바꾸려고 들지. 그러니까 그런 표정 하지 마."

엄마가 어떻게 알아챘는지 도무지 모르겠다. 어쨌든 엄마는 매번 내게 양심을 일깨우는 말을 해야 한다고 생각한다.

"잘 다녀와라."

"다녀올게요, 엄마."

이렌느 선생님이 아파서 학교에 나오지 않은 바람에 조금 힘든 하루를 보냈다. 나는 혼자서 책가방을 들고, 구내식당에 가고, 수업이 있는 교실로 이동해야 했다. 간신히 이 모든 일을 해냈지만, 몹시 지쳤다.

쉬는 시간에 만난 루, 사이드와 함께 수업이 끝나자마자 모여서 영화 촬영을 계속하는 문제를 의논하기로 했다.

우리는 몇 장면을 더 찍어야 한다. 그중에 주유소 장면이 있다. 링컨이 트렁크 안에 뭐가 있는지 달라에게 알려 주는 장면을 주유소에서 찍을 생각이다.

테아와 샬리는 평소처럼 비밀 언어로 자기들끼리 수다를 떨고 있었다.

"에른스토그 사이드 게벨뤽스 이트 페르마 인아코에 뮈르-뮈르(사이드가 테아 너한테 반한 걸 너도 알고 있지? 그런데 사이드 좀 귀엽지 않니?)"라고 말하는 소리가 들렸다. 나는 무슨 뜻인지 해석해 보려고 했다. 샬리가 깔깔대며 웃는 거로 봐서는 분명히 무슨 농담을 한 게 틀림없다. 아, 비밀 언어로 하는 유머라니!

모르강도 그곳에 있었다. 어쩐지 경계하는 듯한 태도를 보이다가도 유독 나한테만 친절하게 굴었다. 나는 라이벌이 아니라고 루가 설득을 제대로 한 모양이다. 모르강의 태도 때문에 나는 다시 한번 낙담한다.

루는 아무 일도 없던 것처럼 굴었다. 어젯밤 내가 보낸 메시지를 받은 적이 없는 것처럼 행동했다. 하지만 거기에는 지난달, 지난해, 일생이, 한 세기가, 영원이 있다. 아직까지 답장은 없다.

우리는 수업 이야기, 축제 이야기, 오늘의 모니크에 관해 이야기했다. 나는 오늘 학교에 할아버지의 지팡이를 가지고 왔다. 이 지팡이는 호두나무를 깎아 만든 것인데, 자존심이 강하고 다정해 보이는 노루가 조각되어 있다.

"할아버지가 그걸 너한테 주셨니?"

모르강이 나한테 물었다.

"그래, 할아버지는 이제 지팡이가 필요 없거든."

내가 대답했다. 그렇게 말한 데에는 꿍꿍이가 있었다.

"할아버지가 새 지팡이를 사셨니?"

"아니, 돌아가셨어."

유치하지만 나는 모르강의 마음을 조금이라도 불편하게 하고 싶었다. 작전 성공이다. 모르강이 미안해한다. 모르강은 할아버지의 명복을 빈다고 말했다. 의외로 섬세한 면이 있다.

내가 한 행동은 야비하다. 게다가 할아버지는 건강하게 잘 지내고 계신다. 어제 저녁에 전화 통화를 했는데 여전히 활력이 넘치는 목소리였다. 게다가 할아버지는 '젊음'을 되찾았다고 했다. 우리는 할아버지의 73세 여자 친구 이야기, 소소한 것들과 80세를 맞은 할아버지 인생의 절정기에 관해 이야기했다.

내가 통합교육반을 신청하고 입학 허가를 초조하게 기다리고 있을 때 할아버지가 이 지팡이를 주셨다. 상징적인 의미가 있는 지팡이다. 할아버지가 손수 만드신 이 지팡이를 나는 무척 좋아한다. 이 세상에서 나를 이길 자는 아무도 없다고 생각하고 싶을 때 이 지팡이를 든다. 꼭 지팡이가 나를 보호해 주는 것 같아서 든든해진다.

모르강은 운동장 한쪽에서 폴을 만나기로 했다면서 떠나기 전에 우리에게 미안하다고 했다. 나는 대략 12초 정도 죄책감을 느꼈다. 하지만 곧바로 그 순간을 이용했다. 루와 나, 우리 둘만 남았다. 나는 루를 바라보며 바보같이 웃었다. 내가 장난을 친 것을 루가 눈치챘을 거라고 생각했다.

"바보같이 왜 그런 거짓말을 하고 그래."

"모르강이 그걸 알았을까?"

"모르강은 너를 좋아해. 너도 알잖아."

"그래, 나도 알아. 모르강이 조금 안됐기도 해. 그게 나는 싫어."

"기운 내. 넌 오늘 완전히 블라드스럽다."

"내가?"

"넌 블라드스러워. 블라드스럽다는 말은 지구 전체를 상대로 다른 사람들에게 자기 장애에 대한 대가를 치르게 한다는 뜻이야."

"확실해? 그렇다면 나는 외계인의 슈퍼파워에다 나만의 형용사를 가진 거네. 비밀 언어만큼이나 강력해. 멋진데."

루가 나를 바라보았다. 그 눈빛이 내게 무엇인가를 말하고 있는 것 같았다. 그 순간 종이 울렸다. 어제의 엘리베이터처럼 시작종이 나를 배신한다. 또다시 나에게서 루를 빼앗아간다.

"어쨌든 5시에 학교 앞에서 봐!"

쓰레기통에 씹던 껌을 던져 넣으며 루가 말했다.

어디선가 부드러운 바람이 불어와 루의 머리카락을 춤추게
했다. 루가 웃으면서 나를 돌아보았다. 나는 이 모습을 동영상
으로 찍었다. 루가 알아챘는지는 모르겠다.

이 장면은 슬로 모션으로 표현될 것이다.

사이드

아프리카 출신이라는
장애

"그만둬, 루. 싫다고 하잖아. 그냥 가자."

나는 벌써 가게에서 나가려고 등을 돌린 참인데, 루는 계속
해서 고집을 부렸다.

"사장님이 허락만 해 주시면 돼요. 주유기 옆에서 잠깐만
찍으면 끝나요. 20분만 있을 거예요. 길어야 45분이에요."

"그런 건 관심 없어."

금전등록기 뒤에 서 있는 나이 든 남자가 내뱉듯이 말했다.

주유소 사장은 노골적으로 싫은 표정을 지었다. 나에게는

아주 익숙한 표정이다.

"눈길을 피하는 거 하며 불만이 가득한 표정이며… 쳇, 아직도 북아프리카 놈들이 설치고 돌아다니는군."

"뭐라고요?"

루가 짜증이 난 말투로 물었다.

나는 루를 겨우 출입문 쪽으로 데리고 갔다. 하지만 루는 밖으로 나가지 않고 선반 앞에 멈춰 서서 여자아이들이 보는 잡지를 읽는 척했다.

루는 새로운 접근법을 궁리하는 게 틀림없다. 정말이지 불도그가 따로 없다. 이 여자애는 포기를 모른다. 하지만 내 생각에 저 나이 든 남자는 냉담한 사람일 뿐이다. 화를 꾹 눌러 참고 내가 설명했다.

"저 사람은 인종주의자가 아니야. 그냥 말한 것뿐이야."

루가 깜짝 놀란 표정으로 나를 쳐다보았다.

"그럼 무엇 때문에 반대한다고 생각해?"

"아무튼 인종주의자는 아니야. 확실해."

루는 잠시 생각해 보더니 고개를 저었다.

"난 생각이 달라."

나는 한숨을 내쉬었다.

"루, 넌 근사해. 하지만 가끔 현실을 잘 몰라. 내가 제대로 알려 줄게. 정신 차려. 우리에겐 온몸이 뒤틀린 블라드와 주유기 바로 옆까지 휠체어를 밀고 오는 마틸드가 있어. 그리고 나는 피부색이 다르지. 사람들은 우리 같은 사람들을 장애인이라고 해. 알겠어? '우린 바라는 게 없어요.' 하는 태도로 주유소 사장에게 도움을 바랄 때는 특히 그래."

이상하게도 그 순간, 바깥을 보고 있던 루의 얼굴이 약간 빨개졌다. 내가 장애인에 대해 이야기하고 있어서인가? 그때 나는 루가 흘끔 쳐다보고 있는 게 무엇인지 알아챘다. 블라드다. 블라드는 주유기 바로 옆에 있는 자기 엄마 자동차에 기대고 서서 5분 전부터 점점 더 안달이 나는 표정으로 우리를 기다리고 있었다.

나는 블라드를 보는 루의 반응이 평소와 다르다는 것을 깨달았다. 그리고 블라드의 몸이 뒤틀려 있다는 말을 할 때 루의 얼굴이 붉어진 것도 달라진 반응의 하나라는 것을 알아차렸다.

루가 블라드를 다르게 보기 시작한 게 분명하다. 몸이 비틀린 블라드가 아니라 심성이 올바른 블라드로, 통합교육반의 좋은 친구 블라드가 아니라 사랑스럽고 잘생긴 남자 블라드로 보기 시작한 것이다.

나는 이런 경험이 어떤 것인지 잘 안다. 몇 주 전에 나 역시 그런 경험을 했다. 만약 블라드가 '사랑스럽고 잘생긴 남자'가 아니라면, 확실히 이렇지는 않았을 것이다.

바보 같지만 가끔 블라드에게 장애가 있다는 사실을 잊어버린다. 평소 우리는 우리들만의 농담과 규칙, 좋아하는 주제의 이야깃거리를 가지고 떠들어댄다. 간단히 말해서 완전히 평범하게 단짝 친구끼리 하는 이야기를 주고받는다. 아주 사소하게 다른 점이 있다면 블라드가 손을 떤다거나 간혹 지팡이를 떨어뜨린다는 건데, 그럴 때만 앞에 있는 녀석이 우리처럼 맘대로 움직이지 못한다는 것을 떠올리게 된다. 블라드에게는 복잡 미묘한 어떤 것, 그러니까 장애를 아무렇지 않게 만드는 뭔가가 있다.

가끔 나는 이것이 테아와 나 사이에 일어나는 일과 같다는 생각이 든다. 테아는 나를 겉모습으로 판단하지 않는다. 내가 가지고 있는 장애인 검은 피부, 곱슬머리, 아프리카 느낌이 나는 이름 따위를 중요하게 여기지 않는다.

내가 바보 같은 생각을 한다는 건 나도 안다. 마그레브(리비아, 튀니지, 알제리, 모로코 등 아프리카 북서부 일대를 가리키는 말) 출신이라는 꼬리표는 사람들이 흔히 말하는 장애가 아니다. 어떤 식으로 끼워 맞춰도 장애는 아닐 것이다. 그렇다 해도 예전에 나 같은 아이들을 위한 통합교육반이 만들어졌더라면 좋았을 텐데.

아무튼 나는 불편한 이 자리를 얼른 벗어나고 싶었다.

"그만 갈까? 여긴 틀렸어. 다른 주유소를 찾아보든지 아니면 블라드가 시나리오를 수정하든지 하자. 늘 그래왔잖아. 제발 좀 그냥 가자. 저 남자는 나한테 화가 나 있어."

내 말에 루는 대답이 없었다. 뭔가 곰곰이 생각하더니 고개를 저으며 말했다.

"아니, 아직 끝난 게임이 아니야. 다시 한번 시도해 보고 싶어."

루는 나를 주유소의 정기 간행물 선반 앞에 세워 두고 계산대 앞으로 다시 걸어갔다. 사장은 꼼짝도 하지 않고 서 있었다. 자판기 근처에서 커피를 마시는 젊은 남자 둘 말고는 손님은 우리밖에 없었다.

"아저씨, 제가 만약 전화로 부탁했다면 우리가 영화를 촬영하는 것을 허락했을 거예요. 그렇지 않나요?"

주유소 사장은 루를 쳐다보지도 않고 고개를 저었다.

"너희는 전화를 하지 않았잖아. 난 바빠. 그러니 지금 당장 꺼져."

바쁘다고 말하다니….

"내 친구가 마그레브 출신이라 그러는 거예요?"

사장이 갑자기 루를 쳐다보았다. 약간 당황한 표정이었다. 남자에게 대답할 시간을 주지 않고 루가 말을 계속했다.

"내 친구는 여기서 태어났어요. 알잖아요? 여기서 태어나 여기서 자랐어요. 내 친구 아버지는 20년째 프랑스 사람이고요."

남자가 반박했다.

"난 절대로 그런 말을 한 적이…."

루가 사장의 말을 가로막았다.

"그럼 우리 영화의 감독이 장애인이라서 그런 거예요? 아니면 우리 영화의 스태프가 휠체어를 타고 있어서 그런 거예요? 장애인들이 아저씨 가게에 오는 게 싫으세요?"

"절대로 아니야. 무슨 소리를 하려고 그러는지…."

"아저씨도 아이들이 있으시지요? 아마 나이가 어릴 테지요?"

"조카만 있다. 너보다 어리지. 그런데…."

루가 조리 있게 말을 이어갔다.

"다음에 조카를 만나면 조카들에게 뭐라고 하실 거예요? '학생들이 우리 가게에서 영화를 찍겠다는 걸 얼굴이 흉악해 보여서 못하게 했다.'고 하실 건가요, 아니면 '멋진 프로젝트를 하는 학생들을 내가 도와줬어.'라고 말씀하실 건가요?"

완벽한 논리다. 남자는 한 대 얻어맞은 것처럼 얼떨떨한 표정으로 루와 나를 바라보았다. 루는 남자의 턱을 향해 단번에 피할 수 없는 정신적 어퍼컷을 날리는 데 성공했다.

"아저씨, 우리는 아저씨의 도움이 꼭 필요해요. 영화제에서 1등을 하면 우리는 뉴욕에 가게 돼요. 그렇게 된다면 그건 다 아저씨 덕분이에요."

무거운 침묵이 흘렀다. 루는 완벽했다. 하지만 혈통이 북아프리카 출신인 사람과 함께는 잘 될 리가 없다.

사장이 다시 한번 고개를 저었다. 나는 곧바로 몸을 돌려 나가려 했다.

"그런데 너희 영화는 어떤 거냐?"

창 너머로 보이는 블라드에게 나는 엄지를 세워 보였다.

'순조롭게 잘 풀리고 있어, 친구.'

블라드

허락되지 않는 입술

나는 왼쪽 뼈들이 빠지는 것 같다가 오른쪽 뼈들이 빠지는 것 같다가 하는 아픔을 참으며 간신히 그들이 있는 곳으로 갔다. 가게 안으로 들어가다가 하마터면 넘어질 뻔했다. 그러면서 마침내 그들이 있는 곳에 다다랐다.

주유소 사장은 불편한 기색으로 나를 바라보았다. 하지만 이번에는 블라드스럽게 굴지 않기로 한다.

"좋아, 허락하마. 잘해 봐라."

확실하지 않지만 루가 '가만있어. 나서지 마'라는 신호를 보냈다. 그래서 나는 입을 다물고 있을 수밖에 없었다.

촬영은 바로 시작되었다. 사장은 내가 앉을 수 있게 작은 의자도 가져다주었다.

링컨과 달라가 자판기 앞에 서서 커피를 마신다. 둘은 어디로 갈지 상의한다. 링컨의 아버지가 생전에 자신의 뼛가루를 어디에 묻어주기를 원했을지, 젊은 시절에 그는 어느 곳에서 행복을 느꼈을지 이야기를 나눈다.

나는 두 번이나 다시 촬영했다. 사이드는 말을 더듬고, 루는 대사를 틀렸다. 나는 잠시 감독이 아니라 배우들의 연기를 지도하는 일까지 맡아야 했다.

주유소의 매니저는 우리에게 무척 호의적이었다. 그는 에드워드 호퍼의 그림에 나오는 것처럼 생긴, 빨간색의 낡은 휘발유 주유기를 그린 판지를 들어 주었다. 매니저가 우리 촬영 팀인 것 같은 느낌이 들 정도였다.

"촬영은 거의 끝났어. 이제 한 장면만 찍으면 돼. 그건 이번 주말에 찍을 거야. 그리고 나면 완성이야. 마지막 촬영이 끝나면 우리끼리 파티를 하자."

주유소 촬영이 끝났다.

루와 나는 사이드를 도장에 데려다주고 집으로 가는 길에 공원에 들렀다. 호수를 따라 아무 말 없이 걷는 시간이 참 좋았다. 루는 혼자만의 생각에 빠져 있다가도 내가 도움이 필요한 것 같으면 멈춰서 나를 도와주었다.

우리는 벤치에 앉았다. 바로 앞에 오리 두 마리가 보였다. 오리들도 우리를 관찰하는 것처럼 날개를 접고 부리까지 우리 쪽으로 돌리고 있었다.

"오리들이 우리가 이상하다고 생각하는 것 같아."

루가 재미있다는 듯 웃었다.

"아니야. 큰 오리가 다른 오리에게 이렇게 말하고 있는 거야. 너는 저렇게 예쁜 여자애가 몸이 뒤틀린 남자애랑 있는 걸 본 적 있니?"

"그럼, 저 오리들은 바보네. 네가 블라드스럽게 구는 것을 오리 앞에서 제대로 보여 줄 필요가 있겠어."

루가 내 어깨 위로 머리를 기댔다. 나는 오리들이 나를 비웃어도 상관없다고 말했다.

"오늘 참 기분이 좋다. 그렇지?"

"응, 기분이 좋아. 내 여자 친구."

"난 너의 여자 친구가 아니야."

"그렇게 될 거야. 우리는 언제나 함께 있게 될 거니까 넌 내 미래의 여자 친구인 거지."

루가 내 팔짱을 끼고 몸을 바짝 붙였다.

나는 고개를 숙이고 루의 턱을 붙잡아 루의 입술이 나의 입술 쪽으로 움직이게 했다. 루의 입술에서는 감초 맛이 났다. 아까 주유소에서 산 음료 맛이다. 뉴욕의 겨울 맛이 어떤 건지 잘 모르겠지만 지금 느끼는 맛이 뉴욕의 겨울 맛이 아닐까 싶다. 우리는 서로를 더 꼭 껴안았다. 막 시작되려던 키스를 루가 멈췄다.

"아니야. 우린 이럴 수 없어. 이러면 안 돼."

나는 뭔가 할 말을 찾았다. 루를 이대로 머물게 할 만한 말을 빠르게 떠올려 보았다. 하지만 늘 그랬듯이 신속한 일에는 젬병이다. 너무 느리다. 루가 나를 떠났다.

나는 눈으로 루의 뒷모습을 좇지 않았다. 그 대신에 휴대폰으로 나를 위한 장면을 찍었다. 화면 속의 루가 공원 철문 앞에서 멈춰 섰다. 루는 그 자리에 꼼짝하지 않고 있었다. 10초, 내 인생에서 가장 기이한 10초가 여러 번 흘렀다. 나는 집행 중지

명령을 기다리는 사형수처럼 간절히 바랐다. 루가 다시 돌아오기를. 하지만 나의 바람은 이뤄지지 않는다. 루가 철문을 밀고 버스를 타러 바람처럼 달려갔다.

나에게는 루의 입술이 허락되지 않는다.

길 잃은 아이처럼 한 시간을 벤치에 앉아 있다가 엄마에게 전화를 걸었다. 엄마는 금세 도착했다. 나는 아무 말도 하고 싶지 않았다. 뒤죽박죽 혼란스러운 마음이다. 엄마는 내가 어떤 상태인지 금세 알아차렸다. 엄마는 나를 일으켜 세워 데리고 갔다. 어느새 우리는 차 안에 있었다.

라디오에서 알렉스 보팽의 노래가 흘러나왔다. 보팽의 노래는 나쁜 일이 있을 때도 나오고, 좋은 일이 있을 때도 나온다.

"나는 물에 빠지고 있어. 나는 물에 빠지고 있어. 내 발이

들어가 버렸어. 나는 물에 빠져 죽어가고 있어. 내 마음을 완

전히 바꿔야만 해"

노래하는 소년이 말한다.

엄마가 기분을 더 가라앉게 만드는 음악을 껐다.

"루니?"

"응."

"무슨 일이 있었는지 말해 줄 수 있어?"

"키스하려 했을 뿐이야. 그런데 아무 일도 없었어. 마음이
허전해."

"레바논 음식점에 갈래?

"나를 잔뜩 먹이고 싶어요?"

"가자. 우리는 이 일을 극복하게 될 거야. 난 그럴 거라고
확신해. 네가 잘못된 게 아니야."

엄마는 퍼즐 조각을 제대로 맞추듯 엉킨 문제를 풀기 위해
어린 시절 아플 때면 늘 그랬던 것처럼 팔라펠(병아리콩이나 누
에콩을 갈아 향신료를 넣고 둥글게 빚어 튀긴 요리 – 옮긴이)을 먹으
러 가자고 했다. 엄마의 말처럼 난 잘못된 게 아니다. 하트 모
양 과자를 요구하는 게 소용없는 일도 아니다.

엄마는 나에게 필요한 모든 것을 알고 있다.

'가다'와 '멈춤'의
갈림길에서

교장의 컴백

"행정 업무가 지체된 것을 내게 말했나요, 교감 선생님?"

교장의 말에 화들짝 놀랐다. 6개월 만에 학교로 돌아온 교장이 내뱉은 첫마디치고는 상당히 고약하다. 갑자기 훅 들어온 질문에 대답을 얼버무렸다.

"그게 아니라 사실은… 한꺼번에 모든 일을 이끌어 가야 해서…."

"탓하자고 하는 말이 아니에요. 일거리가 많이 밀려 있을 거라 짐작하고 있었어요. 이해해요."

당황하는 모습에 교장이 달래듯이 말했다.

"혼자서 그 일을 맡아 하느라 무리했을 테지요. 교장의 업무는 또 다른 차원의 능력을 요구하니까요."

두 번째로 고약한 말이다. 처음 한 말보다 훨씬 더 야비하다. 뺨이 발갛게 달아오른 게 느껴졌다. 교장은 미소를 지으며 커다란 가죽 의자에 편안하게 앉아 있었다.

"이제 걱정하지 말아요. 짧은 휴식이었지만 완전히 원기를 회복했어요. 내가 모든 뒷감당을 확실하게 할 작정입니다."

그런 다음 교장은 자신이 하려고 계획한 모든 일의 목록을 펼쳐 보였다. 정확히 말하자면 자신에게 시키려고 마음먹은 일의 목록이다.

확실히 가르델 교장은 〈패션 하이스쿨〉에 나오는 미네소타 고등학교의 교장, 찰스 헉슬리를 닮았다. 〈패션 하이스쿨〉에는 자기 아랫사람, 특히 열정 넘치는 교감을 마음대로 부리는 것이 유일한 즐거움인 독재자 교장이 등장한다. 교감인 에드 워터스는 학생들에게 인기가 많은 문학 교사인 캐리 발메인과 몰래 연애를 하고 있다.

교장의 복귀에 맞설 용기를 얻기 위해 오늘 아침에 보았던 시즌 7 5회에서 나오는 장면이….

"내 말에 동의하는 겁니까, 교감 선생님?"

교장이 눈살을 찌푸리며 말했다. 자신의 말을 귀담아듣지 않아서 질문을 여러 번 해야 했던 것이 기분 상한 모양이다.

"으어어, 네! 교장 선생님. 전적으로 동의합니다."

"좋아요. 그럼, 이 일을 맡아서 열심히 하세요. 라피오 선생님에게도 말해 놓으시고요."

교장의 지시에 반사적으로 고개를 끄덕이고 눈앞에 있는 목록들을 훑어봤다.

아무리 생각해도 콧수염을 없애버린 건 잘한 일이다. 교장은 분명 기분 나쁘게 지적했을 것이다. 어쨌든 수염을 깎고 넥타이를 버리고 에드 워터스처럼 폴로셔츠를 입기 시작한 뒤로 사람들의 시선이 달라진 게 느껴진다.

"그럼, 이제 내 학교 건물을 한 번 돌아볼까요? 모든 게 제대로 돌아가고 있는지 확인할 겸 해서."

교장은 '내'라는 말에 특별히 힘을 줬다. 그리고 방금 한 생각을 읽고 있기라도 한 것처럼 말을 덧붙였다.

"그건 그렇고 교감 선생님, 학생들과 다른 선생님들에게 모범이 되는 모습을 보여야 하지 않을까요? 넥타이는 최소한의 예의라고 생각하는데….”

교장은 대답을 기다리지 않고 일어서서는 따라오라는 신호를 보낸 후 교장실을 나섰다.

“학교에 다시 나오니 무척 즐겁군요!”

교장은 지나가는 사람들이 다 들을 수 있게 큰 소리로 말했다. 그리고 복도를 지나가는 직원 한 사람과 교사 두 명에게도 호들갑스럽게 인사를 했다.

누가 봐도 교장의 행동은 과장이 심하다. 혹시 〈패션 하이스쿨〉의 찰스 헉슬리처럼 아무도 모르게 우울증약을 지나치게 많이 먹고 있는 걸까? 어찌 됐든 교장은 의기양양하게 교무실을 향해 걸음을 옮겼다. 그러다 블라디미르 뒤샹과 정면으로 부딪칠 뻔했다.

교장의 당황한 표정을 보니 웃음이 터져 나오려고 했다. 교장은 두서없이 더듬거렸다.

“정말로… 미안하구나. 아니, 그런데… 누구…?”

어찌할 바 몰라 허둥대던 교장의 얼굴이 곧 환해졌다.

“아, 알겠다. 우리 통합교육반의 신입생 중 한 명이로구나!

반갑다. 나는 이 학교의 교장인 가르델이라고 한다."

"블라디미르 뒤샹입니다."

교장이 블라드에게 악수를 청하며 손을 내미는 순간, 웃지 않으려고 입술을 깨물어야 했다. 두 사람 사이에 끼어들어 블라드를 교장에게 소개했다.

"블라디미르 뒤샹은 지팡이를 짚고 있고, 몸을 떠는 증상이 있어서 보시다시피 악수하는 게 쉽지 않습니다. 블라디미르, 네 도우미 선생님은 어디 있니?"

통합교육반의 일을 교장보다 더 잘 알고 있다는 것을 보여주는 것은 꽤 즐겁고 만족스러운 일이다.

"이렌느 선생님은 아프세요. 다음 주에나 다시 나오실 거예요."

"그렇구나. 교장 선생님, 블라디미르는 우리 통합교육반에서 장래가 촉망되는 학생입니다. 게다가 영화제에 출품할 단편 영화를 만들고 있지요. 선생님들과 회의를 통해 이 프로젝트를 지원하기로 했습니다."

"영화는 찍지 않아요, 교감 선생님. 제가 그만두었어요. 영화가 잘 안 되어서요."

블라디미르가 말했다.

"뭐? 하지만 어떻게… 라피오 선생님은 나에게 그런 말을 한 적이….."

"얘기를 들어 보니 아주 훌륭한 아이디어였던 것 같구나, 블라디미르. 단지 지원이 부족했던 거겠지? 교감 선생님, 나한 테 이런 일을 보고하지 않다니 깜짝 놀랄 일이군요. 프로젝트를 한창 진행하다가 포기하게 내버려두었다는 것도 놀랄 일이고."

교장이 말했다.

블라디미르 뒤샹만큼이나 균형을 잃고 흔들리며 변명을 하 느라 헤매고 있는 동안, 정말이지 올해의 나머지 시간이 험난할 거라는 생각이 들었다.

최고의 밸런타인데이

2월 14일.

내가 일기를 썼다면 '오늘은 내 인생에서 가장 아름다운 밸런타인데이다.'라고 썼을 것이다. 그래, 이건 완전 말도 안 되는 표현이다. 아니면 이렇게 쓰는 거다. '사랑의 승리자 마틸드'라고. 과장이 심한 표현이지만 날개라도 달린 듯한 지금의 기분을 표현하기에는 딱 맞는 표현이다.

보통은 '날개가 솟아난 것 같다'는 말로 설레는 기분을 표현한다는 것을 안다. 그리고 오늘 하루만큼은 그 유명한 날개가 나에게도 있었다는 생각이 든다. 그동안 나의 날개는 활짝 펼쳐질 때를 기다리고 있었던 것이다.

"돌이 되어 봐라, 마틸드."

기꺼이 그러지요. 상드린 선생님, 보세요. 사랑에 빠진 돌이 된 것 같지 않나요?

사랑하는. 이 말조차 오늘은 특별히 새로운 의미가 된다.

나는 늘 머릿속으로 밸런타인 성인의 이름을 성가신 성인이라고 바꿔서 불렀다. 모든 하트 모양과 마시멜로를 증오했다. 비밀스러운 연인의 상냥한 말을 기다리는 것은 언제나 내 몫이 아니었다. 그런데 올해는… 좋다. 수준이 떨어지는 표현이라고 해도 '정말 좋다'라는 말밖에 할 말이 없다.

'나는 로맨틱해진다.' 일기장에 써넣을 만한 또 하나의 문장이다. 그러니까 내가 일기를 쓴다면 말이다.

로맨스가 얽힌 특별한 일이 나에게도 일어났다. 그 애가 나에게 키스했다. 잘생기고, 재미있고, 상냥하고, 다정하고, 절대로 평범하지 않은 마시스가 말이다. 전혀 예상하지 못했던 일이다. 물론 그랬으면 하고 꿈꿔 보기는 했다. 하지만 다른 꿈처럼 절대로 이루어지지 않을 거라고 생각했다.

그 중대한 사건이 벌어졌을 때 나는 머리가 헝클어지고, 땀 범벅에다가 숨을 헐떡이고 있었다. 마스카라가 흘러내려 판다처럼 보였다. 기분도 최악이었다. 그러니까 연극 수업이 끝난 바로 다음이었다. 그때 나는 대충 옷을 갈아입고 다른 여자애들과 함께 복도에 있었다. 선생님이 내게 시킨 마지막 연습의 충격에서 벗어나지 못한 채 간신히 휠체어를 끌고 있었다. 선생님은 내게 안티고네의 독백을 암송하게 했다.

　안티고네　이해한다…. 내가 아주 어렸을 때부터 당신은 입버릇처럼 같은 말만 하는군요. 우리는 물을, 흘러가는 맑은 물을 만질 수 없다는 걸 이해해야 해요. 물이 포장된 길을 젖게 하기 때문이에요. 우리는 땅을 만질 수 없다는 걸 이해해야 해요. 옷을 더럽히기 때문이에요. 한꺼번에 먹으면 안 된다는 걸 이해해야 해요. 처음 만나는 거지에게 주머니에 있는 것을 모두 주는 것, 달리는 것, 바람을 맞으며 달리는 것부터 바닥에 넘어지는 것, 더울 때 물을 마시는 것, 너무 일찍 너무 늦게 목욕을 하는 것까지 모두 안 된다는 걸 이해해야 해요. 그런 것을 갈망하는 것은 옳지 않아요. 이해하고 항상 이해하고….

나는 이해하고 싶지 않아요. 나이가 들어 늙어지면 그때

이해할 거예요. 내가 늙어지면요. 지금은 아니에요.

내가 바닥에서 몸부림을 치며 '흘러가는 맑은 물'을 흉내 내는 가운데 이 대사를 모두 하게 만드는 건 상드린 선생님이니까 가능하다.

"너 우리 있는 데로 올 거지, 마틸드? 밖에서 기다린다."

야엘이 소리쳤다.

남자 탈의실로 옷을 갈아입으러 갔던 샤를과 마시스가 우리 앞을 지나갔다. 둘이 멈춰 서더니 나를 칭찬했다.

"네 연기에 난 닭살이 돋았잖아, 마틸드."

샤를이 말했다.

연기 칭찬을 들은 나는 부끄러워서 얼굴이 달아올랐다. 어차피 이미 새빨개져 있었을 테지만. 그리고….

내가 일기를 썼다면 그 순간을 세세하게 기록해 뒀다가 평생 기억하려 했을 것이다. 아니면 그 순간을 그림으로 그렸을 것이다. 블라드가 영화를 만들 때 그랬던 것처럼 그 장면을 스

토리보드로 만들어도 좋을 것이다.

마시스가 웃었다. 용기를 내야겠다는 듯이 약간 어색한 표정으로 머리카락을 쓸어 넘겼다.

"밖에서 나를 기다릴래, 샤를? 내가 너 있는 데로 갈게."

나는 하마터면 야엘이 한 말을 따라 하는 거냐고 빈정댈 뻔했다. 혼자 남게 된 내 앞에 잘생긴 마시스가 서 있는 게 아니었더라면, 그래서 빈정대는 말이 목구멍에 딱 걸리지 않았더라면 그랬을 뻔했다.

"있잖아, 마틸드. 할 얘기가 있어⋯."

마시스의 말은 뚝뚝 끊어지고, 멈춰 있고, 두 동강이 나 있었다. 어딘지 나랑 비슷한 모습을 가진 말이었다. 그가 잠시 머뭇거리던 사이 바깥에서는 여러 소리가 들렸다. 계단을 내려가는 샤를의 발소리, 큰 길을 지나가는 자동차 소리, 공원에서 그네를 타는 아이들의 웃음소리도 들렸다.

그리고 마시스가 나에게 키스했다.

나한테는 첫 키스였다. 따뜻하고 부드럽고 기묘한 느낌이었다. 처음에 마시스가 내 쪽으로 몸을 기울였을 때, 나는 단순히 그의 등이 아픈가보다고 생각했다. 머릿속을 맴도는 바보 같은 노래처럼 마시스와 마틸드, 마틸드와 마시스를 생각했다. 그러다 입술이 닿은 순간 모든 생각이 멈춰 버렸다.

마시스는 우리의 입술이 떨어지지 않게 하려고 휠체어 앞에 무릎을 꿇으려 했다. 쉽지 않은 일이었다. 그리고 내가 그의 어깨를 껴안으려 했을 때 상황은 더욱 나빠졌다. 순간적으로 마시스가 내 휠체어 바퀴에 손을 얹었고, 휠체어가 뒤로 굴러갔다. 이건 기술적으로 보면 재앙이나 다름없었다. 하지만 내 인생에서 가장 달콤한 순간이었던 것 또한 사실이다. 그 짧은 접·촉의 순간, 나의 배 속에는 소용돌이가 일어났다.

여전히 나에게 일어난 일을 설명하기는 어렵다. 하지만 다시 시도하고 싶은 욕심은 있다. 내가 일기를 썼더라면 일기장에 X로 분류된 한두 문장이 들어갔을 것이다. 그러니까 일기장이 없는 건 다행이다.

나에게는 시간이 없다. 학교에 가고, 영화를 찍고, 연극 연습을 하고, 이제 마시스와 엄청난 연애 계획도 짜야 한다. 과연 그걸 다 해낼 시간이 날까?

마틸드는 행복한 아이라고 세상에 대고 소리치고 싶다. 이런 기분이 든 건 확실히 처음이다. 그래서 우울한 표정의 블라드를 보고는 휠체어에 제동을 걸었다. 휠체어를 블라드와 이렌느 선생님 옆에다 세웠다. 둘이서 나누는 대화의 끄트머리를 듣고 나는 깜짝 놀랐다.

"그 아이가 너한테 돌아오기를 기다려. 괜히 귀찮게 하지 말고 한숨 돌리게 내버려 둬."

"그러다가 돌아오지 않으면요?"

"나랑 내기해도 좋아. 그 아이는 돌아올 거야."

두 사람이 누구 얘기를 하는지 나는 금세 알아차렸다. 어렵지 않게 알 수 있는 일이다. 갑자기 내가 사랑의 전문가가 된 건 아닐까? 그리고 블라드를 보는 게 수월해졌다. 나의 멋진 마시스보다는 아주 조금 덜 잘생긴 블라드의 표정이 무척 어두웠다.

루와 블라드 사이에 무슨 일이 있었는지 모르지만 며칠 사이에 뭔가 확 달라졌다. 주유소에서 촬영을 한 주말이 지나고부터 그랬다.

"이제 짧은 컷 두 개만 찍으면 돼."

블라드가 팀 전체에 말했었다. 배우 두 명과 블라드의 엄마 이외에도 정신적인 지원과 모든 궂은일을 마다하지 않고 해낸 테아, 샬리와 나까지 모두 한 팀이었다.

링컨은 아버지의 **뼛가루**를 사막에 뿌린다. 그런 다음 달라가 링컨 옆에 남기로 마음을 바꾸는 장면이 이어진다. 우리는 다음 주말인 토요일과 일요일에 촬영을 끝마치기로 했다. 그 후 블라드가 사이드와 함께 편집을 할 것이다.

날씨가 좋지 않아 주말 촬영을 취소한다는 메시지를 받지 않았더라면 참 멋진 계획이었을 텐데. 촬영이 취소된 이유를 블라드에게 물어봤을 때, 그의 태도로 보아 그 일에 대해 더는 말하고 싶어 하지 않는 게 분명했다.

기상 조건 때문이라고 너는 말한다. 그래, 애정전선에 한파주의보가 발효된 거겠지.

불쌍한 블라드. 나도 예전에는 너와 같은 처지였다고 말해 주고 싶었다. 나를 바라봐 주지 않는 누군가를 사랑하는 마음이 어떤 것인지 잘 안다고. 하지만 그런 말들이 블라드에게 도움이 될지 확신이 서지 않았다. 그래서 그 말을 하는 대신에 오늘 아침 내가 듣지 못한 수업 내용에 대해서만 물어봤다.

"우리 수업한 내용을 복사하러 가자."

이렌느 선생님이 제안했다.

그 말에 내가 재빨리 덧붙였다.

"늦게 도착하는 사람이 장애인이다!"

그리고 우리는 복사실까지 누가 빨리 가는지 내기를 했다. 이런 내기에서 블라드는 한 번도 나를 이긴 적이 없다. 나는 열심히 휠체어의 바퀴를 굴렸다. 블라드는 나를 따라잡으려다가 하마터면 넘어질 뻔했다.

"넌 항상 균형을 잡는 게 문제야, 블라드. 재교육은 받은 거야?"

"그럼, 지금도 받고 있잖아. 영화 프로젝트와 다른 일들로 인해 계속 재교육 중인 셈이지. 그리고… 난 영화의 두세 장면을 놓쳤어. 나도 알아, 이게 그다지…."

"만회할 수 있을 거야. 그런데 촬영은 언제 할 거야?"

블라드는 다른 데를 쳐다보며 더듬거렸다.

"그게… 너무 늦었어. 우린 촬영을 마치지 못했어. 기한이 다음 주 화요일인데 편집하려면 여러 날이 걸릴 거야. 애초에 영화를 만들겠다고 한 건 좋은 생각이 아니었어."

그만 말하고 싶다는 듯이 블라드는 이렌느 선생님 쪽으로 돌아서서 몸을 숙이고 복사기를 들여다보는 척했다. 나는 계속해서 말했다.

"확실한 거야, 블라드? 아깝다. 너도 알다시피 우리는 이 프로젝트에서 계속 함께였지. 도움이 필요하면 언제든 말해."

내 말에 대답하려던 블라드의 안색이 확 변했다. 그러더니 내 쪽으로 돌아섰다. 나는 블라드의 뒤쪽을 보고 왜 그런지 곧 알아차렸다. 복사실 맞은편 복도 끝에 루가 있었다. 루는 계속 우리를 보고 있는데, 잘생긴 블라드는 루를 보려 하지 않았다.

"너의 금발 머리하고 무슨 일이 있어?"

"누구? 루 말이야? 나는 몰라. 우린 요즘 서로 말을 하지 않거든."

"어쨌든 조금 전부터 루가 너를 곁눈질하고 있어."

블라드가 나에게 자기 휴대폰을 내밀었다.

"그래? 몰래 사진 좀 찍어 주라."

휴대폰을 받았다.

"오른쪽으로 비켜서 봐, 블라드. 너를 찍는 것처럼 해야겠어. 아주 루한테 푹 빠지셨네."

"아니, 그런 게 아니야. 그냥 모든 게 최악이야. 너도 잘 될 리가 없다고 생각하는 거지?"

나는 고개를 저었다. 마음속에 큰 기쁨이 넘치는 터라 응원의 말이 바로 튀어나왔다.

"절대로 그렇지 않아. 블라드, 내가 연극 수업을 같이 듣는 마시스랑 사귀는 거 너도 알지? 그러니까 우리는 꽤 잘하고 있는 거야. 우린 사랑의 승리자야. 아무도 우리한테 뭐라고 못해!"

블라드

소금이 없는 삶

루가 없는 삶을 살고 있다.

그런 삶은 어떤 삶일까? 허망하고 지루해 견디기 힘든 삶일까?

함께 공원을 산책하고 달콤한 키스를 한 뒤 루가 떠나버린 삶은 마치 커다란 타르티플레트(크림과 치즈, 감자와 베이컨이 들어간 프랑스 사브와 지방의 요리 – 옮긴이)를 주겠다고 약속해 놓고 실제로는 익힌 치커리 두 장을 주는 것과 다름없다.

소금이 없는 삶, 의욕이 없는 삶, 루가 없는 삶.

루는 나를 모른다. 나는 가끔 투명 인간이 되고 싶은 격렬한 감정에 사로잡힌다. 그럴 때면 나는 사람들이 시장의 짐승처럼 쳐다보는 내가 된다.

루는 내게 아침마다 멀리서 인사를 한다. 그러고는 나한테 아무런 말도 하지 않고, 내 곁을 스쳐 지나친다. 문자도 메일도 보내지 않고, 페이스북에 메시지를 남기지도 않는다. 나는 루의 삶에서 완전히 내몰린 사람 같다.

하지만 아무 상관없다. 나 스스로 아무렇지 않다는 사실을 믿기 시작하려고 '나는 아무 상관없다'고 계속 말한다. 우스운 방법이다. 솔직히 말하면 이 방법은 전혀 효과가 없다.

오전 10시, 쉬는 시간에 나는 사이드, 쌍둥이 자매와 함께 있었다. 모르강과 폴, 루는 손에 공책을 들고 한쪽에서 토론을 하는 중이었다. 성큼 다가온 졸업 시험 모의고사 때문에 쉬는 시간이면 학교 도서관이나 구내식당은 복습을 하는 학생들로 복작거렸다. 나 또한 부지런히 준비해야 한다.

오늘 나는 털이 달린 모니크를 들고 왔다. 엄마가 축제에 쓰려고 지팡이 위에다 털 달린 천을 바느질해 붙였는데 그게 그대로 남아 있었다.

"또 다른 지팡이네. 블라드, 네가 우리에게 진정한 지팡이 축제를 보여 주는구나."

사이드가 내게 한마디했다. 자기가 한 영화 같은 농담에 무척 만족하는 눈치였다.

"이건 축제용 지팡이야!"

"네가 축제를 하는 거야?"

"당연히 아니지. 하루가 잘못 시작되었어. 이건 운명에 도전하기 위한 것이었어."

"가만, 일이 순조롭게 풀릴 것 같은데. 루를 봐."

루가 우리 쪽으로 다가왔다. 비밀 언어를 쓰는 자매들에게 볼 키스를 하고, 사이드와도 알은체를 했다. 그다음 내 앞에 서더니 "안녕?"이라고 무미건조한 인사를 던지고 금세 눈길을 돌렸다. 나는 갈피를 잡지 못하고 그대로 무너져 내렸다. 알렉스 보팽의 노래가 귓가를 맴돌았다. 다행히 휠체어를 타는 구닥다리 친구와 나눈 이야기 덕분에 절망에 빠지지는 않았다. 내 친구 마틸드는 요정이다.

나는 구내식당에서 고요히 참선 수행을 하듯 식사를 하는 것으로 그 상황에 대처했다. 루는 나를 쳐다보지 않고 모르강과 찰싹 달라붙어 있었다. 모르강은 나를 달팽이와 개똥이 나눈 사랑의 열매라도 되는 것처럼 취급하고 있었다. 모르강은 윙크와 함께 슬그머니 손짓을 해 보였다. '봤지? 루가 내 옆에 와서 앉는 걸.' 뭐 이런 말을 하고 싶은 모양이다.

나는 시금치 그라탱을 한 입 크게 떠먹었다. 인생은 아름답다. 아예 거치적거리는 통나무 취급을 하자. 모르강은 그런 대접을 받아도 싸다.

사이드가 접시를 가져다 놓는 걸 도와주었다.

"블라드, 토요일 아침에 너희 집에서 위기 대처반 모임을 갖자. 루랑 뼛가루 뿌리는 장면이 남아 있다는 거 너도 기억하고 있지?"

"다 끝났어, 사이드. 내가 말했었잖아."

"도대체 왜 끝내야 하는 거야?"

"그러니까… 루랑 나는 서로를 피하고 있어. 내가 토요일 아침에 이야기할게, 괜찮지? 접시 치워 줘서 고마워."

"별거 아닌데, 뭘. 너희 엄마가 늘 말씀하시는 거 있잖아. '네 촛불의 심지를 돋워라.' 그렇게 해. 사람들이 네 눈을 못 보는 것뿐이야. 넌 멋진 녀석이야."

마지막 공이
울리기까지

"가드를 바꿔야 해. 다리가 먼저 나가지 않게 조심해."

나는 마우스피스 안쪽에서 숨을 몰아쉬었다. 호흡을 고르고 물 한 모금을 마셨다. 숨이 턱턱 막혔다.

"어떻게 해야 할지 모르겠어요, 코치님. 녀석은 별거 아니에요. 그런데 정말 모르겠어요. 내가….."

"숨을 쉬어, 사이드. 숨을 쉬라고. 그리고 입은 다물어. 내 말 잘 들어. 상대는 지금 기회를 노리고 있어. 녀석은 네가 먼저 덤벼들기를 기다리고 있지. 네가 녀석보다 더 빠르고 더 힘이 세다. 네 상대는 머리로 싸우는 녀석이야. 너도 저 녀석처럼 머리로 싸워. 네가 앞서고 있어. 그러니까 잘 대처해. 제대로 한 방 얻어맞지 않으려면 가드를 바꿔라."

반대쪽 링 구석에 놓인 의자에 앉아 있는 내 적수는 나처럼 자기 트레이너가 하는 말을 듣고 있었다. 경기 중에는 녀석의 눈을 똑바로 바라봐야 한다.

나는 거인 앞에 섰다. 나보다 머리 하나는 더 큰 것 같다. 팔과 다리도 한참이나 긴 것이 꼭 낙지 같다. 그래, 맞아. 길고, 유연하고, 질기고 언제나 깜짝 놀라게 만드는 낙지. 여기서 운이 더 나쁜 것은 녀석이 왼손잡이 선수라는 것이다. 녀석의 가드는 나와 반대다. 이 말은 내가 앞으로 나갈 때마다 정면을 공격당할 위험이 있다는 뜻이다.

첫 라운드부터 제대로 했다. 나는 녀석의 가슴에 거의 달라붙다시피 해서 가드 아래쪽으로 다가서는 데 성공했다. 상대 선수가 자기 영역을 제대로 활용할 수 없도록 아주 가까이에 붙은 것이다. 한마디로 태풍의 눈 안으로 들어간 셈이다. 그리고 장 코치님이 말했던 대로 쇼트 훅, 잽, 어퍼컷을 날렸다. 복부, 측면, 오른쪽 몸통을 친 다음 빠져나오면서 턱을 노렸다.

킥은 시도하지 않았다. 너무 멀고 위험했다.

꽤 괜찮은 점수를 올린 게 확실했다. 그런데 아무래도 녀석이 나의 공격 스타일을 파악한 것 같았다. 2라운드 때 녀석은 일정 거리를 유지하며 발차기와 정면 공격으로 나의 접근을 방해했다. 그러면서 내 왼쪽 무릎을 계속 공격했다. 하지만 좀 더 위쪽으로는 차올리지 못했기에 나는 녀석이 힘이 빠졌다고 생각했다.

3라운드가 시작되는 공이 울렸다. 마지막 라운드다. 심판이 시작하라는 신호를 보냈다.

"머리를 써, 사이드."

코치님이 말했다.

사—이—드! 사—이—드! 경기장 안에 있는 클럽 사람들이 나를 응원하는 소리가 들렸다. 다른 사람들의 목소리를 뚫고 블라드가 외치는 소리가 울려 퍼졌다.

"이기자, 챔피언!"

하지만 챔피언은 지금 지쳤다. 무릎이 화끈거리며 아프고 양쪽 주먹이 각각 1톤은 족히 나가는 것처럼 무겁다.

어쨌든 하고 보자. 상대편은 아주 흐물흐물하고, 아주 길고, 아주 바보 같다. 단 한 방으로 녀석을 쓰러뜨리면 된다. 그럼 끝난다. 다음은 결승전이다. 결승전에서는 다른 클럽의 선수와 맞붙게 된다. 내가 아는 녀석이다. 클럽 간 대회에서 세 번이나 싸워 봤던 전적이 있다. 그 녀석은 지난해 이후로 체중이 늘었지만 나도 체중이 늘었으니 해볼 만하다. 나는 오늘 메달을 따러 왔다.

"머리를 써, 사이드. 머리!"

머리를 쓰는 건 훌륭한 전략이다. 하지만 지금은 그럴 때가 아니다. 때로는 머리는 쓰는 대신 용기 있게 달려들어야 한다.

녀석의 킥이 다시 시작됐다. 좋아, 그게 즐거우면 내 다리를 계속 쳐 봐. 난 아무 느낌도 없어. 덕분에 이제 내가 너에게 다가갈 수 있게 되었어. 곧 한 방에 보내주지.

녀석이 내 무릎을 때려도 나는 한 걸음 앞으로 나아갔다. 메달이 바로 눈앞에 있었다.

그런데 뭔가 이상하다. 왼쪽 다리에 감각이 없다. 내 다리가 더는 나를 지탱할 생각이 없는 모양이다. 아무리 용을 써도 움직이지 않는 왼쪽 다리 때문에 몸이 점점 기울었다. 무슨 일이 벌어진 건지 깨닫는 순간 나는 이미 바닥에 누워 있었다.

심판이 손을 들어 경기를 중단시켰다.

"괜찮니?"

물론 괜찮다. 나는 KO패 당한 게 아니다. 아직 공은 울리지 않았다. 나는 계속 싸울 수 있다. 일어나기만 하면 된다.

그런데 왼쪽 다리가 움직이지 않았다. 왼쪽 무릎이 구부러지지 않았다. 몸이 말을 듣지 않았다.

이 순간에 왜 나는 블라드와 마틸드 생각이 날까?

"경기 종료!"

심판이 외쳤다.

그 순간에 든 기분을 남한테 솔직히 고백하는 건 어림도 없는 일이지만 나는 정말로 울고 싶었다.

"그게 뭐였어, 사이드?"

무릎 위에 얼음주머니를 얹어 놓았다. 왼쪽 다리는 아직도 아프지만 구부려지기는 한다. 20분 후에 있을 3, 4위 결정전까지 회복될지는 모를 일이지만…. 사실 3위든 4위든 상관없다. 어차피 동메달은 패자들의 것이니까.

블라드는 버스를 타고 나를 보러 왔다. 지역 선수권대회가 블라드의 할아버지 집 근처에서 열렸다. 블라드는 대회장으로 혼자 오겠다고 우겼다. 혼자 온다는 건 블라드로서는 엄청난 노력이 필요한 일이다. 그리고 내 친구 블라드는 그걸 해냈다.

"넌 목발이 뭔지 알지?"

블라드가 나를 보며 오늘의 지팡이를 들어 올렸다. 그러면서 의미심장하게 어깨를 으쓱해 보였다. 늘 그렇듯 블라드의 동작은 어긋나 있었고, 그 모습에 나는 웃음이 나왔다.

"아니야. 모니크는 목발이 아니야. 겨드랑이에 끼는 게 목발이야."

"그래, 나도 알아. 믿거나 말거나 나도 스포츠를 했다고."

"네가 스포츠를 했다고?"

"가구 부딪치기를 스포츠라고 부른다면 나는 올림픽 우승자야."

블라드와 대화를 하는 건 확실히 나에게 도움이 된다.

우리는 다시 우리의 리듬을 회복했다. 학교에서 하는 것처럼 농담을 몇 마디를 주고받는 사이 요 며칠 있었던 일을 다 잊어버렸다.

"그런데 그 자식이 내 왼쪽 무릎만 노렸어. 심각한 건 아니지만 인대가 다쳤어. 그것 때문에 다운된 거고."

"내가 봤어. 바보같이 네가 계속 무릎을 얻어맞은 거야."

블라드가 말했다.

나는 고개를 저었다.

"난 잘 모르겠어. 어쨌든 그 자식은 진짜 컸어. 내가 코치님의 말을 들었더라면…."

"넌 이기기 위해 모든 걸 했어. 난 네가 최고라고 생각해."

블라드의 말을 들으니 어쩐지 심장이 따뜻해졌다. 하지만 몸 전체가 따뜻해지지는 않았다. 나는 한숨을 내쉬었다.

"올해 메달을 따기는 틀렸어."

"아직 3, 4위 결정전이 남아 있어, 사이드. 동메달은 딸 수 있어."

나는 대답하지 않았다. 블라드는 끈질기게 주장했다.

"자, 어서. 끝까지 해 보는 거야."

부상을 입은 상태로 싸워서 이길 정도로 만만한 상대가 아니다. 나는 블라드에게 내뱉듯이 말했다.

"너한테 꼭 필요한 말이네."

블라드의 미소가 단번에 사라졌다.

좋다, 솔직히 말하면 심판이 로 블로(벨트 아래를 가격하는 반칙 – 옮긴이)를 선언할 만한 일격이다. 사실 2주 전부터 블라드에게 해 주고 싶었지만 차마 하지 못한 말이었다. 루가 말했던 대로 블라드스럽다라는 표현이 딱 들어맞는 말이다.

블라드가 공원에서 있었던 일을 나에게 말해 주었다. 자기 맘대로 한 키스, 루에게서 페이스북 메시지와 문자가 끊긴 일까지. 나는 블라드가 안쓰러웠다. 처음 시작은 좋을지라도 분명히 마지막까지 살아남기 힘들 것이다. 어쨌든 나는 그동안 블라드가 루와 모르강에 대해 블라드스럽게 말하는 것을 계속 들어주었다.

블라드가 나를 노려보았다.

"영화 얘기를 하는 거야?"

"그래, 블라드. 힘든 일이라는 건 알아. 하지만….."

나는 말을 하다가 멈췄다. 말해 봤자 무슨 소용이 있겠어? 결국 블라드가 결심해야 할 문제인데.

장 코치님이 우리 곁으로 다가오더니 나에게 물었다.

"사이드, 다리는 어떠냐?"

그런대로 괜찮다는 손짓을 해 보였다. 코치님은 내 손짓을 보더니 바삐 다른 곳으로 사라졌다.

"하지만 뭐야, 사이드?"

블라드가 하던 이야기를 계속 이어갔다.

"하지만… 하지만 넌 혼자가 아니야. 너의 프로젝트를 함께 하면서 우린 그렇게 생각했어. 우린 네가 하자는 대로 따랐고, 너와 함께 기다렸고, 너와 함께 힘든 일을 해냈어. 우리가 영화를 계속할 수 있을까 없을까 하는 결정을 내려야 한다면, 아마도 우린 할 수 있을 거야. 내가 루에게 프로가 되라고 말해 볼게. 결심만 선다면 아직 못 찍은 장면을 찍을 수 있을 거야."

블라드는 내 말에 한참 동안 아무 말도 하지 않았다.

"아니야. 그런 일은 피하고 싶어. 어쩔 수 없어서 오는 건 내가 원하지 않아. 그런 건 싫어. 어쨌든 너무 늦어 버렸어."

마침내 블라드가 숨을 몰아쉬며 말했다.

그때 장 코치님이 다시 내게 다가왔다.

"사이드, 네가 결정해야 해. 다음 경기를 뛸 거냐, 말 거냐? 네가 원하면 참가하지 않겠다고 말할게."

내 다리는 지금 납덩어리처럼 무겁고 동메달은 따고 싶지도 않다.

"어쨌든 가끔은 본때를 보여 줘야 할 때가 있지."

이런 상황에서는 이게 그 메타플로르인가 뭔가 하는 것일 수도 있다.

"갈게요, 코치님. 할 수 있어요."

그렇게 말하고 나서 나는 블라드에게로 돌아섰다.

"이렇게 하자, 블라드. 내가 이 경기에서 이기면 넌 영화를 완성하는 거야. 어때?"

블라드가 한숨을 쉬며 말했다.

"그건 두고 보면 알 일이지."

나는 자리에서 일어섰다. 그리고 다리를 절지 않으려고 최대한 노력하면서 탈의실로 갔다. 내가 글러브를 끼고 머리에 헤드기어를 한 모습으로 나서자 블라드가 소리를 질렀다.

"사-이-드, 사-이-드!"

자, 한 번 붙어 보는 거다.

블라드

할아버지와 나 사이의 암묵적인 룰

오래전부터 할아버지 집에 가면 내가 늘 먹는 간식이 있다.

지난달 할아버지랑 통화하면서 사랑에 관해 이야기를 나눴었다. 할아버지는 내가 루랑 같이 왔으면 좋겠다고 했다. "그런 식으로 자연스럽게 네가 나한테 루를 소개해 주는 거야."라고 말씀하시면서. 하지만 나는 루를 소개하는 대신 할아버지와 함께 과자를 먹고 오렌지에이드를 마시면서 시간을 보낼 참이다.

할아버지와 함께 있으면서 좋은 점은 할아버지는 단 한 번도 내가 좋아하지 않는 것, 즉 내 장애에 대해서는 한마디도 하지 않는다는 점이다. 할아버지에게 나의 장애는 아예 없었던 것이고 앞으로도 없을 그런 것이다.

할아버지에게 나는 그냥 할아버지의 사랑하는 손자 블라드일 뿐이다. 나는 잘 지내고 있고 그러면 된 거다. 할아버지는 내가 체육 수업을 하지 않으며 그 시간에 대신 도서관에 가서 신문을 읽는다는 말을 하면 깜짝 놀란다.

"왜 그러지? 운동을 하는 건 중요한 일이다, 블라디미르."

어릴 때는 이런 말을 들으면 짜증이 났다. 하지만 한편으로 할아버지의 현실 부정이 나는 좋았다. 나는 늘 이것을 할아버지와 나 사이의 암묵적인 룰이라고 생각했다. 할아버지와 나, 이렇게 둘만 있을 때면 내 장애가 대화에 등장하는 법이 없다. 할아버지는 나에게 아예 장애가 없는 것처럼 군다.

어떤 면에서 이 암묵적인 룰은 제 기능을 훌륭하게 해낸다. 할아버지랑 있을 때 나는 그 어떤 장애도 없는 사람이다. 할아버지와 있는 동안에 나는 새처럼 자유롭다. 무기를 버리고 편히 쉴 수 있다. 나는 내 역할을 하고, 할아버지는 할아버지의 역할을 한다. 할아버지와 있을 때 나는 '아이고, 불쌍한 녀석'이 아니다.

할아버지 집에 도착했다. 아담한 집, 아담한 정원, 엄마가 할아버지를 위해 열심히 돌보는 아담한 채소밭이 나를 맞이했다. 할아버지와 할아버지의 여자 친구가 나무 정자 아래에서 차를 마시며 나를 기다리고 있었다.

그곳으로 걸음을 옮겼다. 울퉁불퉁해서 걷기에는 쉽지 않은 길이다. 넘어지지 않으려면 천천히, 뚜벅뚜벅 걸어야 한다. 할아버지와 내가 연출하는 연극의 첫 장면이 시작되려 하고 있었다. 내 역할을 제대로 하려면, 나를 기다리고 있는 관객의 20미터 앞에서부터 연기에 들어가야 한다. 내 역할은 완벽하게 잘 지내고 있는 마르셀의 손자, 블라드다.

나는 작은 부인과 눈이 마주쳤다. 할아버지는 분명 이 만남에 대해 아무 말도 하지 않았다. 작은 체구의 부인은 나에게 다가오더니 내 가방을 받아들고 내가 남은 길을 잘 걸어갈 수 있게 도와주었다.

"그런데 할아버지, 저한테 아무런 말씀도 안 하셨…."

"시몬느 말이냐?"

"당신 손자인 블라디미르군요. 마르셀, 미리 나한테 말을 했어야죠."

"난 당신이 왜 그렇게 말하는지 이해를 못 하겠어요, 시몬느. 어서 와라, 블라드! 할아버지한테 키스해 주렴."

나는 재스민 향이 나는 귀에 대고 속삭였다.

"내버려 두세요. 제가 태어난 뒤로 할아버지는 쭉 그래 왔어요."

처음에는 내 눈치만 보던 시몬느 부인이 할아버지를 매섭게 노려보는 걸 그만두고 나서야 할아버지와 나는 마음을 놓았다. 두 사람은 체스 동아리에서 만난 이야기를 들려주었다. 그이야기를 두고 할아버지는 '성공'했다고 농담을 했다. 나는 학교 이야기, 통합교육반 이야기, 단편 영화 프로젝트 이야기를 했다.

시몬느 부인은 학교 수업, 도우미 선생님, 내 친구들의 장애에 대해 솔직하고 부드럽게 물었다. 할아버지는 짜증스러워하며 계속 차를 마셨다. 기분을 상하게 하는 이런 대화를 어떻게든 끝내려고 하는 게 빤히 보였다.

"그래, 어쨌든 잘 지내고 있지? 그렇지 않니, 블라디미르?"

"그래요, 할아버지. 잘 지내고 있어요. 더할 나위 없이 잘 지내고 있죠."

시몬느 부인이 더 이상 물어보지 않도록 밝게 웃으며 이야기를 마무리했다. 이런 식이다. 빠삐용 거리 3번지에 오면 나는 장애인이 아니다. 할아버지의 이런 태도가 나에게는 큰 도움이 된다.

집을 나설 때 할아버지는 내게 키스하며 말했다.

"얼른 뛰어가렴, 블라드."

그러고는 비닐 덮개로 덮여 있는 자동차 앞을 지나갈 때 나에게 말했다.

"네가 자동차 면허를 따면 이 차는 네 거다."

자동 변속 장치가 없는 자동차는 내가 절대 운전할 수 없는 것이지만, 할아버지한테는 전혀 상관없다.

실제로 할아버지는 연기를 하는 게 아닌지도 모른다. 내가 태어난 이후로 15년 동안 뭔가가 정지되어서 할아버지는 정말로 내가 아주 잘 지내고 있다고 생각하는 건지도 모른다. 할아버지와 내가 역할놀이를 하고 있다고 생각하는 건 나의 착각이며, 사실은 할아버지가 이 상황을 견뎌 내기 위해 생각해 낸 유일한 삶의 방식일지도 모른다.

나는 할아버지의 말에 대답하지 않았고, 시몬느 부인은 난

처한 웃음을 지어 보였다. 나는 왔을 때랑 똑같은 모습으로 할아버지 집을 나섰다. 걸음을 방해하는 뻣뻣한 관절로 비틀거리면서.

그리고 나는 다시 블라디미르 뒤샹이 된다. 우습게도 다시 내가 된 것에 안도한다.

집에 가기 위해 버스를 탔다. 한 아주머니가 나에게 자리를 양보해 주었다. 나는 모니크를 무릎에 올려놓고 헤드폰을 썼다. 헤드폰을 푹 눌러쓰고 있으면 그런대로 기분이 괜찮아진다. 마치 바위 위에서 꼼짝 하지 않고 햇볕을 쬐는 평범한 파충류가 된 것 같은 느낌이 든다.

버스가 천천히 앞으로 움직였다. 지나다니는 차들이 많지 않았다. 바로 그때 나의 눈에 영화관 앞 인도에 서 있는 모르강이 보였다. 학교를 쉬는 토요일까지 모르강을 보다니 참 재수도 없지.

나는 성가신 라이벌에게서 눈을 떼지 못했다. 지켜보고 있자니 배가 뒤틀렸다. 모르강은 누군가와 신나게 이야기를 하고 있었다. 영화를 보려고 줄을 선 사람들 사이로 루가 모르강의 팔에 안겨 있는 장면이 떠올랐다. 그런 상상을 하는 사이 버스가 그들을 지나쳤다. 그런데 그 누군가는 루가 아니다.

신호등이 초록색으로 바뀌고 버스가 교차로를 지나갔다.

헤드폰에서 울리는 인디 록 밴드 쿡스의 노래에 맞추어 몸을 흔들었다. 나는 볼륨을 조금 높였다. 머릿속으로 내가 방금 본 것을 영화로 만들어 봤다.

모르강이 말꼬리 머리를 한 여자애, 루가 아닌 여자애가 손을 잡고 있다. 모르강이 몸을 구부리고 여자애의 목에 키스를 한다. 모르강이 목에 키스하는 여자애는 루가 아니다. 절대로 루가 아니다.

위기 대처반 모임을 해야 할까? 영화를 완성할 만한 시간적 여유가 없어서 이런 모험을 해야 하나 망설여졌다. 그래서 사이드와 함께 이미 촬영한 장면들을 내 방에서 즉석으로 편집해서 보고, 머릿속으로도 다시 편집해 보았다.

화면 안에서 루는 어디에나 있다. 벤치에 앉아 있고, 철문 앞에 서 있고, 멀리 있고, 마당에도 있다. 루의 머리카락이 바람에 나풀거린다.

내가 포기하고 "다 끝장났어."라고 말하려는 바로 그 순간 사이드가 말했다.

"나한테 좋은 생각이 떠올랐어, 블라디미르 뒤샹. 너한테 있는 루가 찍힌 영상을 이용하는 거야."

나는 어린 격투기 선수인 내 친구가 자기 머릿속에 떠오른 아이디어를 설명하는 것을 들었다. 사이드의 아이디어는 어쩌면 뉴욕에 갈 수도 있겠다는, 딱 적당한 만큼의 희망을 주었다.

영화의 후반 작업 때문에 루를 속이고 있는 모르강의 일을 까맣게 잊어버렸다. 그런데 루는 알까? 모르강이 자기 모르게 딴 짓을 하고 있다는 것을? 모르고 있다면, 루에게 말해 줘야 하는 걸까? 루에게 말해 주면 사람들이 보통 나쁜 소식을 전해 준 사람을 원망하는 것처럼 루도 모르강보다 나를 더 원망하게 될까? 이런 수많은 의문들이 이 작업 때문에 다 잊혔다.

나는 초조하게 내일을 기다린다. 내일 제대로 놀아보고 싶다. 나에게는 굉장한 카드가 있다.

따뜻하게 간직하고픈 시간들

딜랑

행복한 비명 소리

블라드는 내 친구다.

중학교 1학년 때 사귀게 된 친구다. 단짝이 되고 싶지만 그냥 친구에 가깝다. 화요일 아침마다 블라드는 내 숙제를 도와준다. 나한테는 어려운 문제도 블라드한테는 문제없다. 그리고 블러드는 무척 재미있다.

그런데 오늘 아침에 블라드의 표정은 재미있는 표정이 아니다. 같은 수학 문제를 두 번이나 읽고 나한테 설명해 주지도 못한다. 내가 블라드에게 물었다.

"무슨 생각을 해, 블라드?"

블라드는 깜짝 놀란 것 같았다.

"아무 생각도 안 해, 딜랑. 미안해. 직사각형의 둘레는….."

"루가 너를 좋아하지 않아서 그래?"

이번에는 확실히 깜짝 놀랐다.

"그게 무슨 말이야? 누가 너한테 루 얘기를 한 거야?"

당황한 블라드의 모습에 웃음이 났다.

"네가 사랑에 빠진 것은 금방 알 수 있어. 너희는 온종일 서로를 바라보고 있잖아."

"루는 나를 보지 않아, 딜랑."

"아니야. 네가 보지 않을 때 너를 보고 있어. 게다가 루는 네가 매력적이라고 생각해. 루는 너랑 결혼하고 싶어 해."

사실은 그런지 안 그런지 잘 모른다. 하지만 적어도 내 말이 블라드를 웃게 한 건 확실했다.

"그건 너무 앞서간 거 아니야? 어쨌든 지금 루는 모르강과 사귀고 있어."

"그래서? 넌 모르강하고 싸움을 해서 이기면 돼. 그러면 모르강이 루를 너에게 보낼 거야."

"네가 지금 싸우는 이야기를 하는 거야, 딜랑? 나는 네가 싸우는 걸 무척 싫어하는 줄 알았는데."

블라드의 말이 맞다. 나는 싸우는 것이 싫다. 다행히 아무도 나를 건드리지 않는다. 왜냐하면 선생님들이 그러면 안 된다고 말했기 때문이다. 그리고 사이드도 그렇게 말했기 때문이다. 사이드는 블라드의 단짝이니까 내 친구이기도 하다.

"모르강에게 루를 좋아한다고 말해. 너희를 가만히 놔두라고 말해. 그런 다음에 루에게 좋아한다고 말하고, 루도 너를 좋아한다고 말하면 다 잘 되는 거지."

내 말에 블라드는 아무 말도 하지 않았다. 창밖으로 시선을 돌린 블라드는 직사각형의 둘레 따위는 까맣게 잊은 눈치다. 잠시 기다렸다가 나는 블라드의 팔을 흔들었다.

"블라드, 어떻게 계산하는지 말해 줘야지."

블라드가 입 모양으로 소곤소곤 말했다.

"아, 미안. 그러니까 네 변의 길이는, 음…"

블라드는 참을성 있게 여러 번 설명해 주었다. 한참이 지나도 내가 이해를 못 하니까 블라드가 책상 가장자리에 자를 놓았다. 그러더니 통합교육반의 다른 두 아이의 자도 가지고 왔다.

블라드는 책상이 직사각형과 같고, 둘레는 책상의 테두리를 합친 것과 같다는 걸 알려 주었다. 그러니까 먼저 우리가 가지고 있는 자가 몇 센티미터인지 계산해야 한다. 그러자 곧 뒤죽박죽이 되고 만다. 그래도 어쨌든 나는 직사각형의 둘레를 계산할 수 있게 되었다. 나는 만족한다. 중학교에 와서 나는 계산을 잘하게 되었다. 그래서 나는 행복하다.

"네 영화에 내가 출연할 수 있을까?"

수업 시간이 끝나고 필통을 챙기고 있는 블라드에게 내가 물었다.

블라드가 말없이 나를 바라보더니 씩 웃었다. 이미 블라드의 얼굴에 답이 쓰여 있었다.

"당연히 되지. 이번 주말에 마지막 장면을 촬영할 거야. 부모님이 허락하시면 와도 돼. 아마 너도 출연할 수 있을 거야."

나는 너무 행복해서 소리를 지르고 싶었다. 하지만 교실에서 소리를 지르면 안 된다는 것을 배웠기 때문에 꾹 참았다.

나는 얼른 종이 울리기만 기다렸다. 운동장에서 아주 크게 소리를 지를 생각이다.

있는 그대로의 나

"그러니까 내가 설명해 줄게. 달라가 사막에서 링컨 아버지의 뼛가루를 뿌린 다음 장면이야. 원래 달라는 집으로 돌아갈 예정이었어. 그랬는데 링컨과 함께 있기로 결정을 바꾸는 거지. 이해해?"

나는 고개를 끄덕였다.

"거기까지는 이해했어."

"좋아. 확실히 여기서부터 까다로워. 네 얼굴이 나와서는 안 돼. 루가 한 역할을 이어서 하는 거니까."

나는 아무 말도 하지 않았다. 왜 너의 예쁜 금발 머리를 찾아 이 장면을 촬영하지 않느냐고 블라드에게 물어보기에는 적당한 때가 아니라는 느낌이 들었다.

"이것도 문제야. 네가 서서 자동차로 걸어가는 장면을 촬영해야 하거든. 확실히 이게 더 까다로울 것 같네."

그 순간 떠오른 생각은 학년 초였다면 이런 말이 나를 화나게 했을 거라는 것이다. 누군가 나의 장애를 대놓고 지적하면서 내가 뭔가를 할 수 없다고 말했다면 나는 불같이 화를 냈을 것이다. 물론 영화를 찍을 생각도 절대로 하지 않았을 것이다.

하지만 모든 게 달라졌다. 여전히 내가 할 수 없는 일들은 셀 수 없이 많다. 그래서? 휠체어를 타고 전속력으로 달릴 수 있는데 누가 100미터 달리기를 하고 싶겠어? 긴 연극 대사를 하는 것만으로 마시스처럼 멋진 남자를 반하게 만들 수 있는데 누가 다리를 드러내고 싶겠어? 그러니까 나는 나의 한계, 나의 장점들이 어우러진 나를 있는 그대로 바라보기 시작했다.

블라드의 복잡한 설명이 끝나자 내가 이어서 말했다.

"그러니까 너는 내가 정확하게 뭘 하기를 원하는 거야? 내가 자동차 안으로 들어간다, 내가 사이드 쪽으로 몸을 돌린다,

내가 사이드의 손을 잡는다? 말없이 이것만 하면 돼?"

"그래. 그리고 또 해야 할 것은….'

블라드의 얼굴이 조금 빨개지더니 말을 멈췄다. 나는 웃었다. 블라드가 선뜻 말하지 못하는 것이 무엇인지 금방 알아차렸다.

"내가 루처럼 보여야 한다는 거지?"

블라드가 고개를 끄덕였다.

"그게 가능할까?"

가능하냐고? 장난하니, 친구야. 적어도 사라 베르나르(19세기 후반 프랑스를 대표하는 여배우) 이후로 가장 위대한 여배우가 지금 네 앞에 있는 거야. 내가 분노하는 돌을 연기할 수 있다면 사랑에 빠진 루의 역할도 할 수 있지 않겠어?

사실 나는 루키 루크 만화책 덕분에 사라 베르나르라는 이름을 어제 처음 알았다. 그녀가 말년에 다리 하나를 절단한 상태로 연극을 했다는 사실도. 그래서 사라 베르나르에 대해 더 알고 싶어서 그녀와 관련된 모든 것을 찾아 읽었다.

진짜 주연 배우가 아니라서 사람들이 화면에서 내 얼굴을 보지 못한다는 게 안타까울 뿐이다. 고속도로 가장자리에 있는 작은 주차장에 이 영화에 참여하는 사람들이 모두 모였다. 사이드, 테아와 샬리, 블라드의 어머니, 통합교육반의 딜랑까지. 그리고 마시스가 나를 보고 있다. 마시스의 눈길은 세상 모든 카메라를 모아 놓은 것만큼의 가치가 있다.

"액션!"

마분지로 만든 메가폰을 들고 블라드가 외쳤다.

그리고 나는 영화배우가 된다.

블라드

내가 생각하는 균형

어제 저녁에 펀칭볼 몇 대를 두드리는 권투 수업을 마친 후 사이드와 함께 영화를 완성했다. 우리는 이것을 마감인 오늘 정오까지 제출해야 한다. 겨우 마감을 맞출 수 있게 되었다. 11시 30분에 학교에서 사이드의 스쿠터를 타고 출발할 것이다.

"블라드?"

테아가 복도에서 나를 기다리고 있었다.

"너 오늘 루 봤어?"

테아가 나에게 물었다.

"아니, 우리가 서로 길게 말하지 않는 거 너도 알잖아."

"그래. 그래서 말인데 네가 먼저 말을 걸어 봐야 할 것 같아서…."

"먼저 시작할 사람은 내가 아니야. 그리고 넌 우리 사이의 일을 다 모르고 있어, 테아."

"블라드, 내 말을 믿어 봐. 루와 얘기를 해 봐."

"그래, 한번 해 볼게. 하지만 지금은 바빠."

모르강이 루가 아닌 다른 여자애가 함께 있었다는 것을 테아가 알았다면, 아마 이렇게 대범하게 루에게 가서 말을 걸어 보라고 하지 않았을 것이다.

11시 30분을 알리는 종이 울렸다. 나는 이렌느 선생님과 다른 사람들을 모두 내버려 둔 채 급히 움직였다. 사이드는 벌써 교문 바깥에서 총알같이 빠른 자기 스쿠터에 올라타서 나를 기다리고 있었다.

사이드에게 가는 길에 모르강과 마주쳤다. 녀석을 피하려는데 모르강이 내게 말을 걸었다.

"안녕, 블라드. 그래서 행복해?"

모르강의 뜬금없이 말에 녀석이 지금 나를 놀리고 있는 건가 싶었다. 행복이 뭐 어떻다고? 바로 너 때문에 루가 없는 삶이 시작된 이후로 내 행복은 숨이 끊어져 버렸는데? 루가 없어도 영화를 완성해서 행복하겠다는 거야? 아니면 네가 루를 불행하게 만들 거라는 걸 알아서 행복하겠다는 거야?

"행복이라고? 으음, 특별히 바쁘기는 해. 12시까지 영화를 제출해야 해서 말이야. 사이드랑 같이 갈 거야. 지금 교문 밖에서 사이드가 기다리고 있어.

"그래? 아쉽네. 너랑 이야기하고 싶었는데. 루에 대해서 말이야."

"다음에 하자."

헬멧을 쓴 사이드가 한 손에 다른 헬멧을 들고 나를 맞이했다.

"너 일부러 늦게 온 거지? 평소보다 더 느리다, 친구야."

"오다가 모르강을 만났어."

사이드의 말에 왜 늦었는지 해명했다. 그런데 이렌느 선생님이 사이드 옆에 서 있었다.

"선생님! 여기서 뭐 하세요?"

"우리가 완벽하게 준비했지. 선생님이 도와주지 않으면 네가 내 뒤에 탈 수 없잖아."

"사이드 말이 맞아. 블라디미르."

이렌느 선생님이 동의했다.

"도우미 선생님은 이런 일도 한단다. 연수 교육 과목에 짧은 사다리 오르기가 있었어. 시키는 대로 하렴."

선생님이 나에게 말했다.

한 가지는 확실하다. 내가 만든 영화가 아무것도 주지 않는다 해도, 내 영화가 뽑히지 않는다 해도, 혹시 4등이 된다 해도, 뉴욕에 가지 못하게 된다 해도 나는 내가 믿고 기댈 친구들, 내 사람들을 얻게 되었다는 사실 말이다.

일단 스쿠터에 올라타 사이드의 등에 딱 달라붙은 나는 곧 이 여행이 고통스러울 것이라는 사실을 깨달았다. 나중에 내 뼈와 빈약한 근육에서 겨우 남아 있는 것들을 배열하려면 족히 영화 서른 장면은 필요할 것 같다.

스쿠터는 시동이 걸리자마자 출발했다. 거의 날아가는 듯한 속도였다. 덕분에 늦지 않게 도착할 것 같긴 하지만 엄청나게 무서웠다. 될 수 있는 한 사이드에게 딱 달라붙었다.

사이드의 스쿠터 뒤쪽에 앉아 점점 꿈에 가까워지는 동안 나는 단 한 번도 균형을 잃지 않았다. 시동이 멈추고 나서야 그 사실을 깨달았다.

"내가 급브레이크 밟는 거 봤지?"

제시간에 페스티벌이 열리는 영화관에 도착한 것이 무척 만족스러운 사이드가 소리를 질렀다.

영화관에서 사이드는 격투기 선수의 팔로 나를 힘 있게 안아서 소중한 보물이라도 되는 것처럼 바닥에 내려놓았다.

"접수해야 하는 영화를 나한테 줘. 네가 마지막으로 붙인 제목이 뭐야?"

"내가 생각하는 균형."

"제목이 끝내주게 멋있어. 1등은 네 거야. 네가 뉴욕에 가게 될 거라고."

사이드가 달려갔다. 사이드가 영화를 접수하고 등록부에 사인하는 것을 지켜봤다. 사이드가 양팔을 높이 들고 건물에서 뛰어나왔다. 챔피언처럼, 위대한 사람처럼, 거인처럼.

사이드는 보안 요원과 함께 나왔다. 그 모습을 본 나는 '젠장, 저 사람은 뭐 때문에 따라 나오는 거야?'라고 생각했다.

"저 애를 들어 주면 되는 거냐?"

보안 요원이 물었다.

"네. 저 애예요. 블라드, 이 사람은 오마르야. 무서워할 필요 없어. 너 완전히 겁먹었구나?"

사이드가 스쿠터에 올라타고 나는 30초 전까지 전혀 몰랐던 오마르의 팔에 안겨 공중에 붕 떠올랐다. 오마르가 나를 사이드의 뒤에 내려놓았다.

또다시 모험이, 축제가 시작된다!

학교에 돌아온 우리는 건물 바깥에 있는 운동장에서 기다리고 있는 사람들을 보러 갔다.

샬리와 테아가 키스를 퍼부으면서 계속해서 "프라브나르, 프라브나르"라고 말했다. 쉽게 번역하자면 "브라보, 브라보"라는 뜻이다. 수준을 보면 그들의 비밀 언어는 다섯 살 때 만들어진 것이 확실하다.

"그런데 결과는 언제 나와?"

"지금부터 2주 후에! 엄청나게 불안해할 시간은 충분해."

사이드가 대답했다.

루는 여기 없다. 모르강도 없다. 과학실 같은 데서 단둘이 달콤한 말을 속삭이고 있을 거라는 상상이 머릿속을 가득 채웠다. 이런 상상이 영화를 제때 제출했다는 기쁨을 어느 정도 덜어갔다.

조금 뒤 버스를 기다리면서 나는 자동차가 지나가는 것을 봤다. 그 차에는 루가 타고 있었다. 그리고 루 옆에는 루의 아버지가 앉아 있었다. 루가 내게 손짓을 하더니 고개를 돌려 계속 나를 쳐다보았다. 나도 모니크를 흔들면서 알은체를 했다.

그때 루의 문자가 도착했다.

"언젠가는 우리가 다시 이야기를 나누게 되겠지?"

나는 곧바로 답 문자를 보냈다.

"언제든, 나의 루!

내일 만나."

사이드

알룬데이시

격투기 시합보다 더 어렵고, 훨씬 더 두려움에 떨게 하는 것이 있다.

시합에서 최악은 지는 것이다. 그럴 때를 대비해 사람들은 항상 핑곗거리 하나쯤은 가지고 있다. 상대가 훨씬 셌다, 힘이 달렸다, 훈련이 제대로 되지 않았다 등등. 그러고는 다음에 있을 시합에 집중한다.

그런데 이건 다르다. 받아들여지느냐 아니면 깨지느냐 둘 중 하나다. 아니면 어느 쪽도 아닐 수 있다. 도무지 모르겠다.

이건 엄청나게 복잡하다. 어떤 타격이 허용되고 어떤 타격이 허용되지 않는지 전혀 알 수가 없다. 게다가 이 문제만큼은 결정타가 존재하지 않는다.

"나한테 하고 싶은 말이 뭐야, 사이드?"

테아가 벤치에 편안하게 앉아서 나를 보고 웃었다.

우리 바로 맞은편에는 커다란 분수가 있었다. 그리고 잔디밭에는 대나무들이 심어져 있었다. 사람들은 조용히 지나다니고, 엄마들은 아기를 유모차에 태우고 산책을 즐겼다. 새들은 낮게 날아다녔다. 도시의 다른 지역처럼 더럽고 커다란 비둘기들만 있는 게 아니라 아주 날씬하고 귀여운 작은 참새들도 보였다.

결국 나는 아무것도 모르겠다. 내가 왜 이러지? 새 발자국하나 눈에 들어오지 않는다. 이 공원은 아주 조용하다. 그리고 나는 조용한 상황이 낯설다. 게다가 조용하기 때문에 내가 아무 말도 하지 않는 것이 엄청나게 크게 느껴졌다.

"어, 여기 멋있다."

이러고는 끝이다. 말 끊기 세계 선수권대회가 있으면 은메달은 맡아 놓은 건데. "날씨 정말 좋다, 그렇지?"라거나 "몇 시야?"라고 말을 꺼내 볼 수도 있었을 것이다. 하지만 이런 말보다는 처음에 생각했던 말이 적당하다.

테아에게 할 말이 하나도 생각나지 않아서 안절부절못하고 있는 내가 짜증 난다. 어쨌든 일주일 내내 나는 이런 상황에서 무슨 말을 해야 하는지 엄청 열심히 생각했다. 그럴 때마다 내 옆에는 항상 블라드가 있었다.

영화라면 이 부분을 이렇게 처리할 것이다.

플래시백 / 실내

"사이드, 영화는 출품했으니까 우리는 새로운 프로젝트를 해야 해. 아주 대단한 것으로."

"벌써 불안해진다. 또 무슨 생각을 하는 거야?"

"테아와 단둘이서 15분 함께 있기 프로젝트야."

내가 아무리 반대를 하고 고함을 질러도 소용이 없었다. 어쩔 수 없었다. 블라드 특유의 얼굴이 비틀어지는 미소와 함께 그만의 논리로 강하게 주장했다.

"너 테아를 좋아하잖아."

나는 어깨를 으쓱했다.

"뭐 그냥 그렇지."

"장난해? 테아가 네 곁에 있을 때면 너는 내가 알던 사이드가 아니야. 내가 모르는 사이드를 보게 된다니까. 테아는 몸이 약한 너의 쌍둥이 형제 같아. 물론 네 쌍둥이 형제 쪽이 좀 더 어설프고, 소심하고, 말이 없기는 하지만 말이야. 하기야 거의 말을 안 하는 사람이 최고치로 말하는 정도는 되겠다."

"너도 루한테 할 말이 있잖아. 게다가 넌 모르강과 이야기를 나누기 전에 모르강이 다른 여자애와 있는 것을 봤어. 그런데도 너는 루에게 비열한 장난을 치지 않으려고 그 말을 하고 싶지 않았던 거지?"

블라드는 경험이 많은 프로 선수처럼 교묘하게 내 질문을 피했다.

"그건 중요하지 않아, 사이드. 중요한 건 네가 학기가 시작될 때부터 테아를 좋아하고 있었다는 거야. 또 모르지. 그 전부터 좋아한 것인지도."

"그래 맞아. 인정해. 하지만 테아는 내가 안중에도 없어."

"지금 농담해? 테아의 쌍둥이 자매가 나한테 말해 줬는데 테아는 너를 '알키-마데르뇌'하다고 생각한대. 그 말뜻은 말이야…."

"알아. '정말 멋있는'이라는 뜻이야."

블라드와 나는 쌍둥이 자매의 비밀 언어를 이해하기 시작했다. 어쨌든 테아가 나에 대해 그런 말을 했다는 것이 정말 놀라웠다. 아니면….

갑자기 순식간에 온몸이 서늘해지는 기분이 들었다. 혹시 블라드가 테아와 내가 만나도록 부추기려고 이야기를 지어낸 게 아닐까? 블라드라면 충분히 그러고도 남았다.

"나는 여기를 참 좋아해."

플래시백이 끝났다. 테아의 말이 단번에 나를 현실로 돌아오게 했다. 나는 벤치의 등받이에 걸터앉았다. 테아의 바로 곁이기는 하다.

처음에는 블라드, 마틸드와 마틸드의 연극반 친구들, 쌍둥이 자매, 통합교육반의 딜랑까지 한데 어울려 있었다. 그런데 어쩌다 보니 다른 아이들과 떨어져 우리 두 사람만 있게 되었다.

말로는 다들 딜랑이 배가 고프다고 해서 매점으로 와플을 사러 간다고 했다. 그리고 우연히도 샬리는 자리를 지키기 위해 원래 있던 곳에 남아 있겠다고 말했고, 또 우연히도 연극반 친구들은 할 일이 있었고, 마지막으로 딜랑은 블라드와 함께 가겠다고 했다.

그러니까 나는 우연한 계기로 태양처럼 아름답고, 다정하고, 현명한 아가씨 옆에 있는 얼간이가 된 것이다. 테아에게 무슨 말을 해야 하는지 아무것도 생각나지 않았다. 목구멍에 커다란 공이 끼여 있는 것 같았다. 전에는 한 번도 느껴보지 못했던 감각이다. 심지어 링에 올라갔을 때도 이런 느낌을 받은 적은 한 번도 없었다.

마침내 입을 열어 한 마디 말을 내뱉었다.

"알룬데이시."

테아가 깜짝 놀란 표정으로 나를 쳐다보았다.

"그게 무슨 뜻인데?"

"이 말은… 아무 뜻도 없어. 이건 비밀 언어가 아니야. 다른 거야. 이건 낱말이 딱 하나밖에 없는 언어야. 아주 짧고 단순한 낱말이야. 무슨 뜻이냐면 '네가 곁에 있어서 나는 정말 기분이 좋아. 또 모두 가버리고 조용한 것도 좋아. 우리가 이렇게 오래 함께 있으면 좋겠어. 나는 무슨 말을 해야 할지, 뭘 해야 할지 모르지만 이 순간이 절대로 이렇게 끝나 버리는 걸 원하지 않아.'라는 말이야. 그리고 이 말은 이런 뜻일 때도 있어. '나는 너와 함께 있을 때 너를 기쁘게 하는 사람이 되고 싶어. 그런데 나를 바꾸고 싶지는 않아. 난 변하지 않아. 나는 있는 그대로 나이고 싶고, 원래 나인 그대로 너를 즐겁게 하고 싶어. 사람들이 너무 가까이 다가오면 그런 사람들을 쫓아 보내는 행동만 달라지면 좋겠어. 왜냐하면 너랑 함께 있고 싶은데 너는 절대 내 곁에만 있지 않을 거니까.' 그리고 또 '나는 계속 망설이고 있었어. 네가 가버리면 나는 바보가 되겠지. 슬프게도 모든 것을 가슴에 간직하고 있어서 내 가슴이 터져버릴 테니까.'라는 뜻도 담겨 있어."

광장한 말들이 튀어나왔다. 그냥 저절로 말이 나왔다.

그리고 우리는 달리기 시작했다. 처음에는 숨쉬기가 힘들었지만 금세 리듬을 타니 괜찮아졌다. 달리기를 멈추고 테아와 나란히 벤치에 앉았다. 차마 테아를 마주 보지 못하고 분수만 쳐다보았다. 도저히 테아를 똑바로 바라볼 용기가 나지 않았다.

그런데 내 어깨 위로 테아가 손을 얹었다. 그러고는 더할 나위 없이 부드러운 목소리로 내 귀에 속삭였다.

"에크리−티앙, 사이드. 에크리−티앙."

테아의 말이 무슨 뜻인지 모른다. 하지만 이 말의 뜻을 함께 알아볼 시간이 우리에게 있을 거라는 예감이 들었다. 그리고 이 말이 아주 좋은 뜻일 거라는 것도 알겠다.

이것은 분명 격투기 시합보다 훨씬 어렵다. 하지만 아주 아주 많은 행복을 가져다줄 것이다.

블라드

살다 보면 오는
완벽한 순간

살다 보면 두고두고 따뜻하게 간직하고 싶은 완벽한 순간
들이 있다. 여덟 살 생일에 게임기를 선물로 받았을 때, 벤치에
서 루와 키스했을 때, 사이드와 함께 스쿠터를 타고 요란하게
달려가던 때가 그런 순간이었다.

그리고 어제도 바로 그런 순간이었다.

영화를 출품하고 16일째가 되는 날까지 아무런 소식이 없
어 이미 입상은 글렀다고 생각하고 있었다. '그래, 심사위원들
이 내 영화를 보면서 비웃었을 거야. 아마도 단편 영화 역사상

가장 형편없는 영화에 주는 상이 있다면 내가 받았을 걸.' 하고 생각했다.

긴장한 채로 졸업 시험 공부를 하면서 16일을 보냈을 즈음에 루의 미소가 돌아왔다. 우리는 그동안 거의 모르강을 보지 못했다. 루는 모르강이 공부를 하고 있고, 명문 고등학교에 갈 계획이라고 말했다. 두 사람은 학교 밖에서 따로 만나는 게 틀림없다. 루가 그러자고 해서 내 앞에서는 만나는 걸 비밀로 하고 있는 건지도 모른다. 동정심에서 그러는 거라고 상관없다. 그래도 좋다. 어쨌든 루가 다시 내 곁에 있으니까. 이따금 루가 뭔가 나한테 말하고 싶은데 참고 있다는 느낌이 들 때가 있다. 하지만 이것 또한 착각일지 모른다.

그렇게 16일이 지나고, 나는 어제부로 영화제 주최 측에서 편지를 받는 것을 포기한 상태였다. 그런데 엄마가 학교까지 편지를 가지고 왔다. 나는 손에 편지를 들고 운동장에 있는 엄마를 보았다. 엄마는 달려와서 나에게 편지를 건넸다.

"자, 열어보렴. 지팡이는 나를 주고."

테아, 샬리, 루와 사이드가 금세 모여들었다.

떨리지만 주저하지 않고 봉투를 뜯었다.

"당신의 영화가 심사를 통과했음을 알려드리게 돼서 무척 기쁩니다. 당신의 영화가 앞으로 열리게 될 영화제에서 경합을 벌이게 되었습니다."

"해냈어! 우리가 해냈어!"

사이드가 소리를 질렀다.

"이게 무슨 뜻인지 알지, 블라드? 훌륭하다, 훌륭해. 내 아들, 정말 자랑스럽다. 머리를 좀 넘겨 봐라. 행복한 네 눈이 안 보이잖니."

엄마는 나를 한껏 치켜세운 후 집으로 돌아갔다.

우리는 모두 뿌듯했다. 사이드는 내 손에서 모니크를 빼앗아 내팽개치고는 나를 높이 들어 올렸다.

"운이 좋으면 곧 너한테 금으로 된 지팡이가 필요하게 될 거야. 뉴욕에 가야 하니까!"

살다 보면 완벽한 순간들이 찾아오는 법이다.

우리들의 완벽한 피날레

블라드

3분 12초의 고백

"그런데 이 3분짜리 영화는 뭘 말하고 있는 거니?"

엄마가 나에게 물었다.

"깜짝 놀라실 걸요. 이건 영화제 규정대로 4분을 넘기지 않고 만든 로드무비예요. 사이드와 나는 마지막에 여러 가지를 바꿔야 했어요. 여자 주인공이 촬영을 못 하게 됐거든요. 그것 말고는 다른 문제는 없었어요. 보세요."

"나는 깜짝 놀라는 거 아주 좋아해. 당장 보여 줘."

엄마가 나를 내려놓고서 말했다.

오늘은 최고로 중요한 날이다. 심사를 통과한 여섯 편의 영화가 상영된 후 곧바로 결과 발표가 있을 예정이다. 나는 더 이상 겁나지 않았다. 정말 두려운 것은 내가 초조해서 견딜 수 없어지는 것이다. 편지를 받은 뒤로 사흘 밤이나 잠을 못 잤다. 지금은 훨씬 나아졌다. 이제 영화제에 참석할 마음의 준비를 모두 마쳤다.

영화관 앞에서 먼저 도착해 있는 사이드와 만났다. 사이드는 제일 좋은 옷을 차려입고 한껏 멋을 부린 모습이었다. 블랙 진에다 깨끗한 캔버스화를 신었다. 멋지다.

사이드가 손에 들고 있던 지팡이를 나에게 건네주었다.

"이거 받아, 블라드. 이건 네 거야. 내가 금으로 된 지팡이가 필요할 거라고 전에 말했잖아. 자, 여기 있어!"

전체를 금색으로 칠한 지팡이다. 그동안 만났던 모니크와 비교가 안 될 정도로 예쁘다. 그리고 지금 내 앞에는 이 눈부신 지팡이만큼이나 내 인생 최고의 친구가 있다.

"저기 봐, 누가 오고 있는지 봐."

내가 곧 울음을 터뜨릴 것 같이 보이자 화제를 바꾸는 게 좋겠다고 생각한 건지 사이드가 웃으며 말했다. 돌아보니 쌍둥이 자매들이 우리 쪽으로 뛰어오고 있었다.

"괜찮아? 겁나지는 않아?"

테아가 물었다.

"마음을 진정시키고 있어. 그리고 네가 오니까 훨씬 더 좋아졌어."

사이드가 테아를 뚫어지게 쳐다보며 말했다.

"무슨 그런 말을 하고 그래. 어쨌든 기분이 좋은 모양이네. 루한테 문자가 왔어. 5분 후에 도착한대."

테아가 휴대폰을 본 다음 우리에게 말했다.

"혼자 오는 거야? 모르강은 안 와?"

느긋한 태도로 내가 물었다.

"모르강? 도대체 무슨 말을 하는 거야? 너 몰라? 두 사람 얼마 전에 헤어졌잖아. 모르강은 아라공 중학교에 다니는 금발 머리 여자애의 품 안에서 실연의 아픔을 달래고 있대."

내가 몰랐던 사실을 샬리가 알려 주었다. 한 대 얻어맞은 것 같은 기분이다.

"이게 내가 전에 너에게 말하려고 했던 거였어."

테아가 덧붙여 말했다.

아무 말도 못하고 나는 오늘의 모니크를 꼭 붙잡았다.

"언젠가 영화관 앞에서 다른 여자애랑 함께 있는 모르강을 본 적이 있어."

"왜 그런 말을 루에게 하지 않았니?"

"나는 그런 일에 어떻게 대처해야 할지 몰랐어. 루를 아프게 하고 싶지도 않았고."

"루가 먼저 모르강에게 헤어지자고 한 거야. 모르강이 차인 거지. 그러고 나서 루는….."

샬리는 무슨 말을 하려다 그만두었다. 루가 옹기종기 모여 있는 우리들 무리에 들어왔기 때문이다.

"친구들아, 나 왔어. 우와! 네 지팡이 굉장한데, 블라드."

루가 한 사람 한 사람씩 볼에 키스를 했다. 그런 다음 내 앞으로 오더니 나를 찰싹 소리 나게 때리는 '안녕 애어른' 인사를 했다.

그 순간 나는 나를 격려하는 아빠의 근사한 문자를 받았다.

"용기를 내라 아들, 나는 어떤 너라도 자랑스럽다!"

아빠는 일 때문에 출장 중이지만 아마 돌아오는 길에 모든 걸 알게 될 것이다.

뒤이어서 엄마, 할아버지와 시몬느 부인, 이렌느 선생님, 몸소 행차하신 교감 선생님, 나를 가르치는 거의 모든 선생님들, 자습 감독 선생님까지 들이닥쳤다. 나를 아는 모든 사람들이 여기 다 모였다는 생각에 미소를 지었다. 기분이 좋고 뿌듯해 어찌 할 바를 모르겠다.

사이드는 머지않아 내가 패닉 상태가 될 거라는 걸 알아채고는 얼른 나를 화장실로 데려갔다.

"마음을 가라앉혀, 블라드. 얼굴을 물로 적셔 봐. 그리고 숨을 크게 내쉬어. 우린 지금 영화관으로 들어가서 자리에 앉을 거야. 사람들은 나중에 다시 만나게 될 거고. 괜찮아?"

우리는 영화제에 참가한 사람들을 위해 따로 마련된 앞쪽 자리에 앉았다. 등 뒤로 관객들이 자리에 앉는 소리가 들렸다. 사람들은 웃고 수다를 떨었다.

"상을 받게 된다면 어떨지 상상이 가? 넌 루를 뉴욕에 데려갈 수 있을 거야. 미리 가 보는 신혼여행 같은 거지."

"나는 루랑 다른 종류의 여행을 할 거야. 모든 게 잘 된다면 말이지만."

"잘 될 거야. 내 말을 믿어. 루는 너한테 반했어. 딱 봐도 알겠던데. 영화가 끝나면 루가 너의 품에 안길 거야."

"그러면 우린 서로의 매력에 빠져들게 되겠지. 벌써부터 다리가 후들거리는 걸."

"넌 어떤 순간에도 유머를 잃지 않는구나. 멋지다."

"하지만 뉴욕 여행은 너랑 가고 싶어. 넌 항상 내 옆자리를 지켰고 나를 받쳐 주었어. 곰곰이 생각해 보면 너는 한순간도 나를 놓아 버리지 않았어. 단 한 번도. 이 일을 벌일 때부터 우리 둘은 항상 함께였어. 지금도 둘이 있지. 루도 그걸 잘 알거야."

내 말에 사이드는 고개를 푹 떨구었다. 나는 방금 격투기 선수인 사이드를 KO로 보내버렸다.

불이 꺼졌다.

이제 시작된다. 주먹을 꼭 쥔다.

〈내가 생각하는 균형〉은 맨 마지막에 상영될 것이다. 다른 영화들은 아주 유쾌한 것들도 있고, 감동 스토리도 있고, 퀵모션으로 만든 사랑 이야기도 있다. 특히 플레이 모빌로 만든 스타워즈 리메이크는 눈물이 날 정도로 웃겼다. 다들 아이디어가 탁월해서 나는 체념에 빠졌다.

"수준이 엄청 높다, 그지?"

사이드가 속삭였다.

"그래, 치열한 경쟁이 되겠는데."

영화의 길이는 모두 2분에서 4분 사이다. 그리고 보는 영화마다 잘 만들어진 작품이라는 생각이 들었다.

어느덧 우리 영화의 상영 시간이 다가오고 있었다. 나는 자리에 좀 더 깊숙이 앉았다. 최대한 몸을 의자 속에 파묻은 채로 숨을 죽였다.

그때 영화 첫머리 자막에 쓰인 음악의 세 음계가 들렸다.

"우리 거야!"

커다란 스크린에 우리가 만든 영화가 나오기 시작했다. 뭐라 말할 수 없는 감정이 치밀어 올랐다. 두 사람의 만남, 자동차 안의 침묵과 음악, 말다툼, 주유소 장면이 이어진다. 연달아 나타나는 그림판들을 보고 관객들이 웃음을 터뜨렸다.

화면 속의 링컨은 사막에 서 있다, 유골 단지를 열고 고개를 숙인다. 달라의 손을 잡으려는 순간, 근접 촬영. 루가 없다는 건 티가 나지 않는다. 모든 게 잘 맞아떨어진다. 마치 루가 거기 있는 것처럼 보인다.

뒤이어 링컨이 자동차에 탄다. 화면에는 링컨의 등이 나온다. 운전석 옆자리에 앉은 긴 머리 여자애의 그림자가 보인다. 루의 대역인 마틸드의 그림자다.

그리고 마지막으로 사이드의 아이디어가 펼쳐진다.

사이드는 내가 간신히 찍은 흔들리는 루의 사진들을 모두 잇대어 붙여 놓았다. 엘리베이터 속으로 사라지는 루, 움직이지 않는 루, 되돌아가는 루, 공원의 철문을 지나는 루, 종이 연필을 핀처럼 사용해 머리를 틀어 올리는 루, 루의 웃음, 바람에 흩날리는 루의 머리칼, 쉬는 시간에 내 쪽을 바라보는 흐릿한 루, 등을 보이고 있는 루, 루, 루, 루, 루의 눈, 수염이 없는 어린 찰리 채플린이 된 듯 내 지팡이를 돌리는 루, 주유소에서 사이드와 미친 듯이 웃고 있는 루, 자동차에 타고 있는 루.

마분지로 만든 미국이 루의 뒤에 펼쳐진다. 루가 다가온다, 더 크게 다가온다. 근접 촬영한 루의 얼굴, 루의 코, 루의 입술이 내 휴대폰 화면과 만났다.

영화관 스크린을 가득 채운 키스. 현실이 허구와 만난다. 3분 12초의 허구. 그 영화 속에는 늘 내가 있다. 감정에 짓눌린 내가 있다.

엔딩 자막이 흐른다.

"제작 촬영 블라디미르 뒤샹, 아이디어 구상 사이드 메르하
드, 미술 감독…."

밥 딜런의 노래 〈I want you〉가 흘러나오고, 우리를 도와
준 친구들의 이름이 줄을 지어 나온다. 하지만 결국 터져버린
눈물 탓에 자막이 흐릿하게 보였다.

불이 켜졌다.

등 뒤에서 부스럭거리는 소리, 움직이는 소리가 들렸다. 사
람들이 일어섰다. 모든 사람들이 서 있지는 않아 기립박수를 치
는 거라고 말할 수 없다. 그렇지만 이건 기립박수랑 비슷하다.
허풍을 떠는 게 아니다. 사이드는 자기 자리에 깊숙이 몸을 파
묻고 있었다. 조금 뒤에는 우리 둘만 앉아 있게 될 것이다.

나는 겨우 몸을 돌려 나를 사랑하는 모든 사람들을 바라보
았다. 다들 있는 힘껏 박수를 치고 있었다. 할아버지는 축구 경
기에 온 사람처럼 휘파람을 불어댔고, 테아와 샬리는 의자 위로
올라가서 우리 모두가 그들의 비밀 언어를 알아들을 수 있다고
생각하는지 "쿠르으−나 아에리−파르나에(너희는 최고의 단짝 친
구야)!"를 외쳤다. 엄마는 내게 손 키스를 날리며 울고 또 울었

다. 루를 찾았지만 보이지 않았다. 벌써 가버렸나 보다.

"루가 화가 난 걸까?"

"화난 걸 기회로 잘해 봐."

결과를 발표하기 위해 심사위원장이 무대 위로 올라 왔다.
결과가 어떻든 나는 이미 성공을 거둔 셈이다. 나는 오늘 전에
는 한 번도 느껴보지 못한 감동을 경험했다.

심사위원장이 수상자 이름을 불렀다. 당연히 나는 다른 수
상 후보자들 가운데 하나라고 생각했다. 그래서 상황을 파악하
지 못했다. 그런 나에게 사이드가 미친 듯이 달려들었다.

"우리가 됐어! 우리라고! 우리가 뉴욕에 가는 거야!"

곧 넘어질 것 같다. 지금 내가 서 있는 게 신기할 정도다.
우주만한 행복이 한순간에 밀려온다.

우리는 무대 위로 올라갔다. 가장 어려운 순간이었다. 별
것 아닌 계단 네 개가 나한테는 히말라야나 다름없으니까. 사이
드와 나는 쏟아지는 박수 속에서 트로피를 받았다. 뉴욕행 티켓
도 받았다. 사이드가 내 팔을 잡더니 높이 들어 올렸다.

지금 이 순간 우리 둘은 챔피언이다.

영화관을 나오는데, 다시 눈물이 흐르기 시작했다.

그때 할아버지가 다가왔다.

"자랑스럽구나, 내 손자 블라디미르! 정말 자랑스럽다."

"이리 와. 온몸이 뻣뻣해졌구나."

엄마가 나를 꼭 끌어안았다.

나는 사람들의 손을 잡고, 볼 키스를 하고, 감사 인사도 하면서 계속 루를 찾아봤지만 전혀 보이지 않았다.

할아버지가 나를 안으며 내 귀에 속삭였다.

"봐라, 내 생각이 맞았어. 네가 가진 가치와 재능에 비하면 네 장애는 아무것도 아니다. 아무것도 아니고말고. 그래서 난 네 장애가 나름의 의미가 있는 것처럼 굴었던 거야. 태연한 척, 아무것도 아닌 것처럼 굴었던 거지."

할아버지가 내 뺨에 키스를 했다. 할아버지가 키스할 때면 언제나 수염이 얼굴에 닿아 따끔거린다. 그게 좋다.

모두 밖으로 나왔다. 루가 가버린 것이 확실해졌다. 겁을 먹은 건지 화가 난 건지 알 길이 없었다.

우리는 영화관 계단에 앉아 기념사진을 찍었다.

교감 선생님은 만족스러운 표정으로 나를 처음 만난 날부터 내가 대단한 일을 해낼 걸 알았다고 말했다. 첫날 있었던 일이 떠오르자 웃음이 났다. 내가 강당에서 길게 떠들어댔던 일, 강당을 나오다 넘어졌던 일, 그리고 루를 만난 일.

누군가가 나에게 샴페인 잔을 건네줬는데, 엄마는 한 번에 다 마셔도 괜찮다고 허락해 주었다.

그때 길 건너편 벽에 루가 기대어 서 있는 게 보였다.

"얼른 가 봐."

사이드가 내 등을 떠밀었다.

나는 일어서서 루에게로 갔다. 유연하지 않게 툭툭 끊어지는 걸음으로, 몸속에서 뼈들이 난장판을 벌이는 채로, 뱀처럼 기어가는 모양새로 걸었다. 원래 내 스타일대로 걸었다. 그렇게 걸어서 나는 결국 도착했다. 루 앞에 섰다.

"고마워, 블라드. 네가 만든 영화는 정말 아름답더라."

"네가 알아주었으면 싶은 건⋯."

"아무 말도 하지 마. 나중에 이야기하자. 항상 함께 있을 거니까."

루가 다가오더니 내게 팔을 둘렀다. 나는 꼼짝도 할 수 없는 상태가 되었다.

"너를 주인공으로 한 영화 아이디어가 엄청나게 쌓여 있어."

내가 말했다.

"아, 정말?"

"나는 작고 비뚤게 난 네 이가 좋아."

"나는 눈까지 흘러내리는 네 머리카락이 좋아."

"그래? 그건 꼭 엄마한테 말해 줘야겠는데. 나는 네 머리가 돌돌 말려 있는 모양이 맘에 들어."

"나는 지팡이를 돌리는 네 손이 좋아."

"나는 네 입술이 좋아."

"그래, 영화를 본 모든 사람들이 내 입술을 봤지. 나는 네가 넘어질 것 같은 순간 지팡이를 붙잡고 겨우 중심을 잡는 모습이 좋아. 네 얼굴은 매력이 넘쳐. 네 곱슬머리, 눈, 너의 농담, 관절이 굳어진 무릎, 네가 걷는 모양, 생각하는 방식, 나를 좋아하는 방식도 좋아. 난 블라디미르 뒤샹, 너를 사랑해. 그래, 나는, 나는 말이야, 너의 여자 친구가 되고 싶어."

나에게 바싹 붙어 있던 루가 고개를 들어 내게 키스했다.

영화였다면 친구들이 우리를 둘러싸고 있고, 방금 한 고백의 말들을 모두 들었을 것이다. 격렬한 박수 소리와 함께 비둘기가 날아오르고, 바이올린 연주도 들렸겠지!

하지만 그건 시시한 영화가 되었을 것이다.

현실에서 우리 둘은 부동산 중개소와 케밥 가게 사이에 있다. 우리가 뭘 하든 아랑곳하지 않는 자동차들이 우리를 지나친다.

관중은 없다. 우리는 꼭 껴안고 키스를 한다.

균형을 잘 잡고 있다.

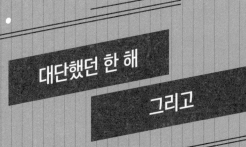

대단했던 한 해
그리고

보통이 아닌 아이들

"올해는 학교에 대단한 일이 많이 일어났네요."

복도가 조용하다. 졸업 시험이 있었고, 학교는 지금 거의 텅 비어 있다. 몇몇 직원들과 못다 한 일을 마저 하려고 출근한 교사들 말고는 아무도 없다. 교장은 커다란 가죽 의자에 무기력하게 앉아서 희미한 미소를 띠고 있었다.

"우리가 어려운 일들을 잘 헤쳐 나왔다는 것을 인정하세요."

교장은 자신 없는 어조로 말을 이어갔다.

그 말에 바로 대답하지 않았다. 사실 이번 학년도의 최근 몇 달은 재난이었다. 교장과 전혀 의견 일치가 되지 않았기 때문이다. 결재 때마다 회의가 있을 때마다 소리 없는 전쟁이 벌어졌다.

학교에 복직한 교장의 건강 상태가 그리 좋지 않다는 사실은 금세 탄로 났다. 교장은 일에 집중하지 못했고, 약속을 잊어버렸고, 아랫사람들에게 자기 일을 떠맡기려 했다. 그렇다고 해서 교장이 한 모든 일을 인정하지 않는 것은 아니다

그냥 무척 힘들었다. 밤마다 악몽에 시달릴 정도였다. 꿈속에서 자신은 〈패션 하이스쿨〉의 주인공이었다. 그리고 정신착란에 가까운 교장의 막무가내 행동 때문에 개고생을 했다. 아니면 정반대의 일이 벌어져 곤경에 처하거나. 어쩌다 현실과 드라마를 혼동하게 되어 버렸을까?

그나마 한숨 돌릴 수 있게 된 건 최근 몇 주 사이다. 그 시기에 많은 일들이 안정을 찾았다. 교장이 다음 해에는 교장직을 그만둘 거라고 선언한 것을 포함해서 말이다. 그렇다고 자신이 교장직을 맡게 되는 것은 아니다. 교장 승진 시험은 치르지도 않았다.

새 학기가 시작되기 전에 산으로 3주 동안 휴가를 떠날 생각이다. 휴가 계획은 이미 세워 놓았다. 산행, 독서, 그리고 빼놓을 수 없는 드라마 몰아 보기가 계획에 포함되어 있다.

내일은 조금 특별한 저녁 약속이 있다. 레스토랑에서 같이 식사할 어떤 사람, 아니 어떤 여자를 초대했다. 당연히 라피오 선생은 아니다. 라피오 선생은 결혼을 했고, 자신보다 연상인 데다가 그다지 예쁘지도 않다. 더구나 〈패션 하이스쿨〉의 캐리 발메인과 손톱만큼도 닮지 않았다.

초대한 사람은 블라디미르 뒤샹의 도우미 선생인 이렌느다. 단편 영화가 상을 받았을 때부터 자주 이렌느와 이야기를 나누었다. 특히 영화와 드라마를 주제로 많은 이야기를 주고받았다.

이렌느는 아주 특별한 아이디어를 풀어 놓았다. 그 아이디어가 교장을 얼마나 괴롭게 할지를 상상하면서 일단 그 아이디어를 받아들이려 했다. 그런데 시간이 지날수록 점점 더 흥미롭고 굉장한 아이디어라는 생각이 들었다.

"교장 선생님, 한 가지 말씀드릴 게 있습니다."

"아, 그래요. 무슨 일인가요?"

"영화제에 나가서 상을 탄 뒤샹이 뉴욕 여행을 가게 됐다는 사실을 알고 계시지요?"

교장이 눈살을 찌푸렸다. 기억나지 않는 게 확실하다.

"어… 그래요. 물론이지요. 뒤샹. 통합교육반의, 뉴욕… 아, 그래서요? 흠흠."

난처한지 자꾸 잔기침을 했다.

"네, 맞습니다. 어떻게 말을 해야 할지 모르겠습니다만, 일단 제가 그렇게 하는 게 좋을 것 같다고 생각해서…."

어떻게 말하면 좋을지 고민하다 보니 혀가 자꾸 꼬였다. 말을 멈추고 마음속으로 셋까지 센 다음 말을 이어갔다.

"제가 영화 촬영에 참여했던 학생들을 위한 지원금을 교육청에 신청했는데 오늘 아침에 결과가 나왔습니다. 다음 해에 블라디미르와 사이드뿐만 아니라 촬영에 참여한 모든 학생들을 뉴욕에 보낼 수 있게 되었습니다. 특별 수학여행인 셈입니다. 예술문화 프로젝트라고 할 수 있겠습니다."

"제가 인솔 교사로 학생들과 함께 갈 겁니다."라는 말은 굳이 덧붙이지 않았다. 그저 뭐가 뭔지 모르겠다는 교장의 표정을 보며 승리감을 맛본다.

미국, 그것도 뉴욕에 간다는 생각만으로 등에 날개가 솟아나는 것 같다. 그리고 이 모든 게 보통이 아닌 한 무리의 아이들 덕분이다.

삐딱하거나 멋지거나 통합교육반 친구들의 완벽한 순간들

지은이 세브린 비달, 마뉘 코스 옮긴이 김현아
펴낸이 곽미순 책임편집 박미화 디자인 김민서

펴낸곳 한울림스페셜 기획 이미혜 편집 윤도경 윤소라 이은파 박미화 김주연
디자인 김민서 이순영 마케팅 공태훈 윤재영 제작·관리 김영석
주소 서울시 영등포구 당산로54길 11 래미안당산1차아파트 상가 3층
대표전화 02-2635-1400 팩스 02-2635-1415
등록 2008년 2월 23일(제318-2008-00016호)
홈페이지 www.inbumo.com 블로그 blog.naver.com/hanulimkids
페이스북 www.facebook.com/hanulim 인스타그램 www.instagram.com/hanulimkids

첫판 1쇄 펴낸날 2019년 7월 10일 2쇄 펴낸날 2020년 5월 25일
ISBN 978-89-93143-75-1 43860

이 도서의 국립중앙도서관 출판예정도서목록(CIP)은 서지정보유통지원시스템 홈페이지(http://
seoji.nl.go.kr)와 국가자료공동목록시스템(http://www.nl.go.kr/kolisnet)에서 이용하실 수
있습니다.(CIP제어번호 : CIP2019024434)